DRENGR

LES VIKINGS DU STARLIGHT TOME 2

SKYE MACKINNON

Traduction par
MANON ROUX-CAUKWELL , VALENTIN
TRANSLATION

Peryton Press

TABLE DES MATIÈRES

AVANT DE COMMENCER

Inscris-toi à la newsletter de Skye et tu recevras un livre gratuit en
remerciement :
skyemackinnon.com/newsletter

Les Vikings du Starlight fait partie de *L'Agence de rencontres
intergalactiques*, un projet écrit par plusieurs auteurs :
romancingthealien.com

À trois enseignants très spéciaux :

Ma petite sœur qui est maintenant très adulte.
Monsieur Siepos qui m'a encouragée à être créative et à penser différemment.
Monsieur Klein, le plus sexy des professeurs de maths (ce n'est pas un oxymore) et qui était très probablement un extraterrestre.

LEXIQUE

Albya – planète des Albyens. Lisez la série *Les Highlanders du Starlight* pour en savoir plus sur ces aliens en kilt

Brullaup – mariage

Clic – minute (30 minutes terriennes correspondent à 20 clics intergalactiques)

Drengr - guerrier

Fýst – désir incontrôlable entre deux âmes sœurs

Goði – guide spirituel des Vikingar ; fonction non héréditaire désignée par les dieux

Hamingja – esprit protecteur qui détermine la chance et le bonheur d'un individu

Hrafnasueltir – lâche (tu affames les corbeaux !)

Autorité intergalactique (AIG) – police / législateurs intergalactiques

UIG – Université intergalactique

Jörð – planète d'origine des Vikingar

Kamphundr – charognard

Kvenn / kvenna – compagne qui n'est pas une âme sœur

Quantnet – Internet intergalactique
Rotation – une année
Skitr – merde, putain (juron)
Valkyr – vaisseau spatial commandé par Njal le Sanguinaire
Vitskertr – abruti, crétin

1

Errik

Si Njal n'avait pas été mon capitaine et mon ami, je lui aurais mis un coup de poing.

— Qu'est-ce que tu as fait ? rugis-je.

Ma main se crispait sur ma hache de combat. Mon instinct était d'attaquer quiconque me causait du tort, et Njal avait fait bien pire. Il avait agi à l'encontre des souhaits que j'avais clairement formulés, puis il m'avait menti, et maintenant il s'attendait à ce que je lui en sois reconnaissant.

Njal resta impassible, aussi calme qu'un rocher en apparence, mais ses yeux sombres me lançaient un défi. Si je l'attaquais, il riposterait, ami ou pas.

— Ta compagne potentielle est sur le point d'arriver, dit-il calmement. Tu dois quitter ce vaisseau maintenant. C'est la règle.

On veut qu'elles s'acclimatent à la vie dans l'espace avant de rencontrer leur partenaire.

Je n'arrivais pas à y croire. Je lui avais dit, j'avais dit à tout le monde que je ne voulais pas être ajouté à la base de données. Je ne voulais pas de compagne. Je n'en avais pas besoin. Malgré tout, il l'avait fait quand même. Ce foutu *kamphundr* pensait me rendre service.

— Quitte ce vaisseau immédiatement, m'ordonna Njal, qui parlait à présent en tant que capitaine du *Valkyr*. Elles seront là d'une minute à l'autre.

— C'est pas mon problème, répliquai-je d'un ton sec. Si je n'ai pas donné d'échantillon, c'est qu'il y avait une raison. Tu as agi derrière mon dos comme un *hrafnasueltir*.

— Qu'est-ce qui se passe ? demanda Steff derrière moi.

C'était la partenaire de Njal – et celle qui était en partie responsable de ce qui se passait.

— Je parle à quelqu'un qui affame les charognards sur le champ de bataille, expliqua Njal avec un sourire aimant. Un lâche.

— J'adore tes insultes vikingar, dit-elle avec un grand sourire, complètement inconsciente de ma détresse. C'est probablement une bonne chose que l'implant ne les traduise pas.

La Péritenne tapota l'endroit derrière son oreille où chacun d'entre nous portait un implant traducteur.

Une alerte retentit, nous signalant que la navette approchait du *Valkyr*.

— Quitte le vaisseau. Tout de suite.

Njal me lança un regard glacial.

— La plupart des membres de mon équipage seraient reconnaissants si je leur disais qu'on leur avait trouvé une partenaire. Tout le monde crève d'envie d'avoir une compagne. Tu devrais t'estimer heureux, plutôt que de rejeter la chance qui t'a été donnée.

J'ouvris la bouche pour répondre, puis j'abandonnai. Il avait raison.

J'avais bel et bien de la chance. Et je ne la méritais pas, ce qui ne rendait la situation que plus insupportable.

— On va te conduire à la demeure que l'agence a mise à notre disposition, poursuivit mon capitaine. Tu y resteras jusqu'à ce que ta moitié soit prête à te rencontrer. Ça te donnera un peu de temps pour réfléchir. J'attends de toi un comportement irréprochable quand tu reviendras sur le *Valkyr*.

Je le saluai sans trop d'enthousiasme et partis préparer mes affaires. Même si j'étais surpris qu'on m'ait trouvé une Péritenne compatible, je connaissais le plan. Elles devaient arriver aujourd'hui sur le *Valkyr* pour que Steff les accueille. Elle leur présenterait à quoi ressemble la vie à bord d'un vaisseau spatial et leur parlerait de nous, les Vikingar. Une fois qu'elle aurait le sentiment que les femmes étaient prêtes à rencontrer leur mâle, les compagnons potentiels seraient autorisés à revenir sur le vaisseau. Nous avions passé les derniers jours à réaménager les cabines, à les transformer en chambres plus grandes qui serviraient d'appartements privés pour les nouveaux couples. Un espace pour apprendre à se connaître tout en ayant aussi chacun sa propre petite cabine, au cas où la femelle ne souhaiterait pas s'accoupler immédiatement. Tous mes frères vikingar supposaient que leurs femelles ne pourraient pas résister à leurs charmes, mais Steff et Pam, sa supérieure, nous avaient prévenus que les Péritennes mettaient parfois du temps à accepter leurs partenaires. Ça avait à voir avec le fait que leur espèce n'était pas habituée au concept d'âmes sœurs. Elles prenaient des concubins, ce que nous appelions kvenna, mais ce n'était pas la même chose qu'une compagne qui nous était destinée, désignée par les dieux eux-mêmes comme la partenaire idéale.

Je serrai les dents en pensant à ma propre kvenn. Randi. La plus belle femelle que j'avais jamais vue. Mon seul véritable amour. Et l'un des milliards de Vikingar qui étaient morts quand notre planète Jörð avait explosé.

Pendant des mois, je n'avais même pas pu penser à son nom. C'était trop douloureux. Je ne savais pas comment j'avais survécu à sa perte, comment j'avais fait pour rester en vie. La douleur avait rongé une partie de mon cœur, ne laissant que la certitude froide que je ne connaîtrais jamais plus le véritable bonheur.

J'arrivai à ma cabine – en raison de mon rôle, j'avais ma propre cabine, bien que petite – puis je pris au hasard quelques vêtements que je jetai dans un sac. Mes trois tuniques étaient en piteux état et bardées de pièces de tissu là où j'avais tenté de les réparer. Les autres ne cessaient de me dire de m'en débarrasser, mais comment le pouvais-je, alors que c'était Randi qui me les avait cousues ? Si je commençais à me promener torse nu comme les mâles célibataires, ça reviendrait à cracher sur sa mémoire. Je comptais porter ces tuniques jusqu'à ce qu'elles tombent en lambeaux, puis...

Je chassai ces pensées et me concentrai sur ce dont j'avais besoin. Je ne savais pas à quoi ressemblerait notre résidence. J'étais parti du principe que je serais l'un des rares hommes choisis pour rester à bord, invisibles aux yeux des Péritennes, qui seraient chargés de faire fonctionner le vaisseau. C'était une hypothèse logique. Je n'avais pas soumis d'échantillon ADN pour être ajouté à la base de données des compatibilités amoureuses. Je ne voulais pas d'une autre partenaire. Tout ce que je voulais, c'était une nouvelle bataille dans laquelle je pourrais connaître une fin glorieuse.

Pour me distraire, je balayai la petite cabine du regard. J'avais très peu d'effets personnels. Rien qui ne me manquerait pendant les jours ou semaines que j'allais devoir passer sur Péritus, à l'exception d'un minuscule cadre holographique dans lequel se trouvait une photo de Randi. Je contemplai ma kvenn avec désespoir. Que penserait-elle de moi aujourd'hui ? Me pardonnerait-elle un jour de ne pas l'avoir immédiatement rejointe à Valhalla ? J'aurais dû la suivre dès que j'avais appris la destruction de Jörð.

Au début, j'avais été paralysé par le chagrin, l'incrédulité et la soif de vengeance. Une fois que nous avions découvert que personne n'avait revendiqué la responsabilité de la perte de notre planète, qu'il s'agissait probablement d'un cataclysme naturel, cette soif s'était muée en souffrance permanente. Elle m'avait dévoré de l'intérieur jusqu'à ce que je ne sois plus qu'une coquille vide, froide et sans aucune émotion. Non, ce n'était pas tout à fait vrai. Je ressentais encore une seule chose : la culpabilité.

La culpabilité de n'avoir pas su protéger ma kvenn. La culpabilité de n'avoir pas été auprès d'elle quand notre planète s'est désintégrée. La culpabilité d'être encore en vie.

— Qu'est-ce que tu fiches encore à bord, Errik ? retentit la voix de Njal dans les haut-parleurs de ma cabine. Je t'ai laissé ta chance. Téléportation à la surface de la planète dans trois... deux...

Je n'eus que le temps de saisir mon sac à moitié rempli, puis une intense lumière blanche m'enveloppa et je sentis mon corps commencer à se liquéfier.

Je détestais me téléporter. Je me sentais toujours étrangement vulnérable dans ces moments-là, comme si mes entrailles étaient à la vue de tout l'univers. Je clignai des yeux plusieurs fois jusqu'à ce que la blancheur se dissipe pour laisser place à mon nouvel environnement.

Je me tenais devant un grand bâtiment en pierre, la seule maison à l'horizon. Des collines verdoyantes s'étendaient à perte de vue, et de bas nuages gris frôlaient leurs cimes. L'air était humide mais merveilleusement frais. Il n'y régnait pas le même parfum iodé de la mer auquel j'étais habitué dans ma ferme sur Jörð, mais c'était bien mieux que l'air recyclé du *Valkyr*. Je respirai profondément, éveillant mes sens à cette planète étrangère.

Péritus était son nom officiel intergalactique, mais Steff l'appelait la Terre. Elle faisait à peu près la même taille que Jörð, mais elle était beaucoup plus densément peuplée. C'était un miracle que leurs femelles soient compatibles avec nous autres Vikingar, et pas seulement d'ailleurs. L'Université intergalactique avait trouvé des taux similaires de compatibilité physique avec au moins dix autres espèces, dont les Kardariens et les Albyens. Je ne comprenais pas ce qu'il y avait de si spécial chez les Péritens et je ne voulais pas vraiment le savoir.

— Il va pleuvoir, entre, me lança une voix familière depuis la porte ouverte devant moi.

Rune, mon frère d'armes, l'un des rares berserkir encore vivants. S'il ne trouvait pas de partenaire pour se reproduire, il ne pourrait enseigner ses techniques de combat à personne. Très secrets, les berserkir accomplissaient des rituels en privé qui leur conféraient une force quasi surnaturelle. Je l'avais vu ronger son bouclier avant les batailles, un bouclier qui contenait des substances mystérieuses qui étaient toxiques pour quiconque en dehors des berserkir initiés. J'espérais que Rune trouverait une compagne. Il ne faisait pas partie du premier groupe de mâles à qui on avait trouvé des partenaires compatibles, mais ça ne signifiait pas que ça n'arriverait pas plus tard.

Ils – ou plutôt nous, maintenant que j'avais été impliqué contre ma volonté – étaient les premiers Vikingar mâles à être ajoutés à la base de données de Hot Tatties. Des milliers de Péritennes attendaient d'être mises en relation avec nous. Elles ne savaient pas que nous étions des aliens, mais l'agence Hot Tatties avait formé de nombreux couples périto-extraterrestres. Elles avaient réussi à trouver des femmes pour les Albyens au cours des trois dernières rotations. C'était notre tour, à présent. La dernière chance de survie de notre espèce. Si nous ne trouvions pas de partenaires, si nous n'engendrions pas une nouvelle génération de Vikingar, nous disparaîtrions.

— Pardonne-moi, Randi, murmurai-je dans un souffle en suivant Rune à l'intérieur.

2

ᛏᚱᛁᚲᚨ

Holly

Je serrai la lettre, froissée et tachée à force de l'avoir lue des dizaines de fois.

Nous avons le plaisir de vous informer que nous vous avons trouvé un partenaire compatible.

Je connaissais la lettre par cœur. Je l'avais lue à voix haute, murmurée pour moi-même, encore et encore, pas tout à fait sûre de croire à son contenu.

J'étais compatible avec quelqu'un. Quelque part dehors, un homme m'attendait. Un homme si parfait pour moi que même une petite partie spécifique de notre ADN était identique. C'était ainsi que la brochure jointe l'expliquait. L'agence de rencontres Hot Tatties, à laquelle je m'étais inscrite sur un coup de tête, n'utilisait pas seulement la psychologie pour trouver à ses clientes le partenaire idéal. Elles avaient découvert une nouvelle technologie passionnante qui pouvait détecter les âmes sœurs. Ça, je n'étais pas sûre d'y croire. Les âmes sœurs avaient leur place dans les contes de fées, pas dans la vraie vie.

Mais malgré mes doutes, j'étais là, assise dans le bus qui m'emmènerait à l'hôtel de luxe où j'allais rencontrer mon prétendant. Il y avait neuf autres femmes, dont l'âge oscillait entre le début de la vingtaine et la quarantaine bien sonnée. J'étais quelque part au milieu, même si je me sentais vieille comparée à la petite blonde à côté de moi, qui semblait tout juste sortie de l'école. Je doutais que cette fille ait déjà connu le véritable amour. Peut-être avait-elle eu un ou deux copains, mais elle semblait trop jeune pour une relation digne de ce nom. Moi, en revanche, j'avais été mariée.

Quelqu'un tapota un micro, dont le son fit grimacer tout le monde.

— Vous m'entendez ? demanda Pam à l'avant du bus.

C'était la patronne de l'agence de rencontres, et je l'avais rencontrée une fois auparavant, lorsque j'étais allée dans leur agence de Glasgow pour donner un échantillon d'ADN. J'avais complété la première étape du processus en ligne, rempli un questionnaire interminable sur moi-même et ce que je recherchais. Pam avait dit que ça pourrait prendre des semaines ou des mois pour trouver un partenaire compatible, mais ça ne faisait qu'une semaine quand la lettre était arrivée. Depuis, c'était la course folle. Faire mes valises. Refaire mes valises quand je changeais d'avis sur ce que je devais emporter. Les défaire quand je décidais de ne pas y aller du tout. Et puis tout recommencer.

J'étais dans le bus à présent, et c'était trop tard pour faire demi-tour. Nous avions toutes signé un accord avant de monter dans le bus, stipulant que nous couvririons toutes les dépenses engagées par Hot Tatties si nous n'allions pas au terme de nos quatre semaines de vacances. C'est comme ça que j'avais choisi de voir cette expérience. Des vacances. Si je finissais par rencontrer l'homme de mes rêves, tant mieux. Mais je n'étais pas partie en vacances depuis des années, pas depuis...

— Bienvenue, mesdames, pour la plus grande aventure de votre vie ! s'exclama Pam d'un ton joyeux et enthousiaste. Maintenant que tout le monde est là, nous allons prendre le bus vers l'aéroport. Si vous voulez envoyer un dernier message à vos amis et à votre famille, faites-le maintenant, nous n'aurons pas de réseau là où nous allons. Vous pourrez envoyer des e-mails, mais pas pendant les premiers jours de votre installation. Donc, si vous n'avez pas informé les personnes importantes dans votre vie que vous serez absente pendant les quatre prochaines semaines, c'est votre dernière chance.

Autour de moi, tout le monde sortit son téléphone et commença à taper frénétiquement. Pendant un moment, j'envisageai de faire la même chose, mais j'avais déjà fait mes adieux. Mes amis savaient ce que je faisais. Et ma famille... ils n'étaient plus là. Par le passé, j'aurais dû prévenir mon école, mais j'avais démissionné deux mois plus tôt. J'avais prévu d'avoir un nouveau boulot à ce stade, mais c'était en fait une heureuse coïncidence que je sois actuellement sans emploi. Aucun patron ne pourrait rejeter ma demande de congé de quatre semaines. La directrice de mon ancienne école m'aurait ri au nez. Salope. Il avait fallu que je démissionne pour réaliser à quel point je la détestais.

Pam nous laissa quelques minutes puis tapota l'épaule du chauffeur.

— Allons-y. On a encore un bon bout de chemin à parcourir. On fera les présentations une fois à destination, mais pour l'instant, si vous ne m'avez pas encore rencontrée, je suis Pam, l'une des patronnes de Hot Tatties. Steff, mon associée, vous attend à l'endroit où nous allons.

Faisait-elle exprès d'être si vague ? Elle continuait à parler de destinations et d'endroits, sans jamais mentionner où nous allions réellement. Ce n'était pas non plus mentionné dans la lettre. Elle disait simplement qu'il s'agissait de vacances de luxe gratuites qui nous permettraient de faire connaissance avec les hommes avec lesquels nous étions a priori compatibles. Tous nos frais seraient même couverts. La seule chose que je risquais de perdre, c'était mon temps, et maintenant que je n'avais plus de travail, c'était mieux que de rester assise à la maison à me tourner les pouces.

— Je dois vous rappeler que vous avez toutes signé des accords de confidentialité, continua Pam. Vous avez également accepté de rester jusqu'à la fin de l'expérience. Si vous décidez de partir plus tôt, vous devrez vous-mêmes assumer les frais engagés, et vous devrez également signer un autre accord de confidentialité. Je suis désolée pour toutes ces formalités, mais nous voulons nous assurer que tout le monde est pleinement engagé. Ne vous inquiétez pas si vous avez des doutes. Tout le monde en a. Nous organisons ces voyages depuis trois ans maintenant, et il y a toujours des femmes qui ne sont pas tout à fait sûres de vouloir réellement une relation. Certaines ne croient pas à notre technologie de compatibilité amoureuse. D'autres ne croient pas aux âmes sœurs. Si vous êtes dans l'un de ces deux cas, ne vous inquiétez pas. Nous ferons de notre mieux pour vous convaincre du contraire.

Elle sourit, clairement confiante qu'elle réussirait.

— Bon, nous approchons de l'aéroport. Ne vous inquiétez pas pour vos bagages ; on vous les apportera à bord. Vous n'aurez pas besoin de passeports non plus ; nous avons réglé toutes les formalités à l'avance. C'est le moment d'éteindre vos téléphones. Ils n'auront plus de réseau dans un court instant, et nous n'autorisons pas les photos pendant le voyage. Vous allez très vite comprendre pourquoi. Tout ce qu'il me reste à vous dire, c'est bonne chance ! Gardez l'esprit ouvert et profitez de l'expérience. Vous avez tellement de chance d'être compatibles avec ces gars. J'ai rencontré certains d'entre eux, et vous allez vous régaler. Si vous aimez les hommes grands et baraqués.

Je ne voyais pas bien depuis mon siège, mais j'étais prête à parier qu'elle nous avait fait un clin d'œil.

Grands et baraqués. Je pourrais me laisser tenter. Mais ce que je voulais par-dessus tout, c'étaient des câlins. De longues étreintes qui me donneraient le sentiment d'être en sécurité et ancrée. Et quelqu'un à qui parler. Ma maison était devenue si silencieuse. Ça me manquait, ces longues conversations imprévues que j'avais eues avec...

Non. C'était un nouveau départ. Il fallait que je laisse le passé derrière moi.

Le bus s'arrêta, mais il faisait trop sombre dehors pour voir précisément où on nous avait emmenées. J'avais trouvé ça étrange que notre voyage commence à huit heures du soir, mais je m'étais ensuite souvenue que de nombreux vols internationaux étaient nocturnes. Le lendemain matin, j'allais peut-être me réveiller dans un lieu exotique.

— Encore une fois, laissez vos bagages et sortez, nous ordonna Pam. Ensuite, suivez-moi jusqu'à la navette. Je vais vous accompagner pendant cette partie du voyage jusqu'à ce que je puisse vous laisser entre les mains de Steff. Ensuite, je vais devoir repartir – je ne peux pas laisser l'agence sans capitaine.

Quelques femmes se levèrent aussitôt et se précipitèrent pour être les premières à sortir du bus. Plus détendue, j'attendis que ce soit mon tour. Il y aurait de la place pour nous toutes dans la navette. Je ne savais pas trop pourquoi nous devions changer de bus, mais c'était peut-être l'une de ces navettes d'aéroport qui nous rapprocherait de notre avion.

Les environs manquaient de lampadaires, mais la tour de l'aéroport était bien éclairée au loin. Nous en étions étonnamment éloignées. Ce qui expliquait la nécessité d'une navette. Je clignai des yeux plusieurs fois pour m'habituer à l'obscurité. Devant moi, les autres femmes avançaient vers une forme sombre, trop grande pour être un autre bus. Un bâtiment, peut-être ? J'avais du mal à voir. Je les suivis, en trébuchant plusieurs fois sur le terrain accidenté. La situation commençait à me sembler étrange. Si je n'avais pas eu foi en l'intégrité de Pam, j'aurais trouvé ça louche. Mais Pam n'avait pas seulement été extrêmement gentille avec moi, je l'avais aussi entendue parler à la radio locale et lu quelques interviews en ligne. Des centaines de femmes avaient posté des témoignages élogieux, quoiqu'un peu particuliers, sur la façon dont elles avaient trouvé l'homme parfait.

Ce n'était que mon imagination. Je n'avais jamais aimé l'obscurité. Tout irait bien dès que nous serions dans la navette.

Devant moi, l'une des femmes poussa un cri de surprise. Une autre cria un instant plus tard. Je m'arrêtai net, en me demandant si c'était le bon moment pour fuir. Peut-être réagissaient-elles de manière excessive. Il faisait noir, tout le monde était fatigué, et nous débordions toutes d'excitation avec une pointe d'inquiétude. Du moins, c'est ce que je ressentais. De l'appréhension face à l'inconnu qui se mêlait à l'espoir de retrouver enfin le bonheur.

— Mesdames, pas d'hystérie, s'il vous plaît ! s'écria Pam à l'avant. Entrez pour que je puisse tout vous expliquer. Nous devons partir bientôt, alors ne restez pas plantées là.

En prenant une grande inspiration, je suivis sa voix et dépassai certaines des autres femmes qui s'étaient arrêtées. Celle qui avait crié s'était tue. Probablement l'une des plus jeunes filles.

Devant moi, une lumière chaude et accueillante m'attirait vers elle. Quelqu'un se tenait devant elle, petite mais plantureuse. Pam.

— Entrez, entrez, répéta-t-elle. Holly, n'est-ce pas ? Entrez, rejoignez les autres. Il fait plus chaud à l'intérieur. Il commence à faire un peu frais ce soir.

Maintenant que mes yeux s'étaient habitués à l'obscurité, la lumière ne m'aidait pas à voir d'où elle provenait. Je trébuchai vers l'avant, vers Pam, en plissant les yeux face à la lumière. Quand j'arrivai à son niveau, elle me tapota le bras comme pour m'encourager puis me poussa légèrement.

— OK, j'y vais, marmonnai-je.

J'avais un peu le sentiment d'être un mouton qu'on poussait vers un avenir inconnu. Ce qui pourrait être un pâturage appétissant ou un abattoir.

Au lieu de marches, c'était une passerelle qui menait au véhicule. Toujours en clignant des yeux, je titubai en montant la passerelle, jusqu'à ce que je sois enfin habituée à la lumière. Cette fois, ce n'était plus l'intensité de la lumière qui me faisait cligner des yeux frénétiquement. Non, je n'arrivais tout simplement pas à croire ce que j'avais sous les yeux.

3

ᛏᚱᛁᚲᚨ

Holly

Des milliers de pensées et de théories se bousculèrent dans mon esprit, allant d'une fête surprise pour Halloween – c'était le début du mois d'octobre, après tout – jusqu'à une caméra cachée élaborée. Je n'envisageais même pas la possibilité que j'étais peut-être réellement à l'intérieur d'un vaisseau spatial. C'était un canular, mais pourquoi ?

Les autres femmes étaient agglutinées au milieu de la pièce étroite, les yeux aussi écarquillés que les miens face à cet endroit étrange qu'elles découvraient. La pièce avait à peu près la forme d'un bus elle aussi, mais elle était trois fois plus grande, et de petites fenêtres circulaires qui ressemblaient à des hublots longeaient les deux plus longs murs. Les murs eux-mêmes étaient courbes, ce qui donnait l'impression que nous étions à l'intérieur d'un tube en métal. À l'autre bout de la pièce se trouvait une porte fermée au-dessus de laquelle on distinguait cinq symboles lumineux qui ressemblaient à des runes. On retrouvait ces mêmes runes partout dans la pièce, peintes au dos de certains des sièges futuristes alignés contre les murs, gravées dans le plafond, et même imprimées en relief sur le carrelage. Le plus étrange dans tout ça, c'était l'hologramme à mi-chemin entre notre groupe de femmes et la porte. Une parfaite représentation 3D de la planète Terre flottait à environ un mètre du sol, tournant lentement sur son axe. Plusieurs points verts étincelants clignotaient là où se trouvaient les plus grandes villes, chacun à son propre rythme. Je jetai un coup d'œil vers le plafond, cherchant un vidéoprojecteur. Quelque chose qui expliquerait comment cette sphère pouvait simplement flotter là, sans écran ni aucune autre source flagrante.

Je n'avais jamais rien vu de tel. Je rectifie. Je l'avais vu dans les séries de science-fiction que mon père regardait le dimanche après-midi.

— Asseyez-vous, je vous prie ! s'écria Pam derrière moi. Nous sommes déjà en retard. Asseyez-vous, tout le monde.

J'échangeai un regard avec la femme la plus proche de moi, une grande rousse avec des lunettes à monture verte. Elle fronça les sourcils, haussa les épaules, puis alla s'asseoir sur le siège le plus proche. J'étais tentée de faire exactement la même chose, mais je décidai de sauter l'étape du froncement de sourcils et du haussement d'épaules, et m'assis simplement à côté d'elle.

— Qu'est-ce que c'est que ce truc ? chuchota-t-elle, sans prendre la peine de se présenter.

— Aucune idée. Une sorte d'hologramme ? Je me demande ce qui se passe si on le touche. Moi c'est Holly, au fait, Holly Lancaster.

— Shona. Et je me demande si ce n'est pas juste une sorte d'illusion optique. Ça doit être ça. Ce n'est pas comme si on était dans Star Wars.

— Peut-être...

— Merci, m'interrompit Pam, toujours en criant.

Tout le monde était enfin assis, même si les expressions de visage autour de moi oscillaient entre la curiosité dubitative et la terreur pure et simple.

— Je vais tout expliquer dans un instant, mais comme je l'ai dit, on est en retard. Notre fenêtre de lancement idéale est sur le point de se refermer, alors il faut se dépêcher. Levez les bras tout de suite. Ne posez pas de questions, contentez-vous de le faire.

Je regardai Shona, qui semblait aussi perdue que moi. Je levai lentement les bras tout en essayant d'apercevoir Pam, qui s'était assise près de la porte par laquelle nous étions entrées. Elle était maintenant fermée, ce qui signifiait que nous ne pouvions plus sortir. Un frisson me parcourut l'échine. Enfermée dans ce tube de métal, une vague de claustrophobie menaçait de submerger ma conscience. J'avais souffert de claustrophobie pendant l'enfance, au point que mes parents m'avaient envoyée chez un thérapeute. Ça s'était dissipé au fil des années, mais voilà que revenait cette sensation glaciale et familière qu'on m'oppressait la poitrine.

Il n'y eut qu'un faible sifflement en guise d'avertissement, puis les ceintures de sécurité sortirent des murs et s'enroulèrent autour de nos tailles comme si elles étaient vivantes. Simultanément, deux autres sangles apparurent près de nos épaules et descendirent sur nos bustes, de façon plus lente mais non moins contrôlée. Comme des serpents. Je frissonnai à nouveau. Je n'aimais pas les serpents.

J'essayai de bouger pour tester la solidité des sangles, mais elles me plaquèrent au dossier du siège.

— Parfait, dit Pam, et je pris conscience que sa voix était amplifiée par des haut-parleurs cachés derrière moi. On est sur le point de décoller et ça va être un peu bruyant, alors je vais d'abord vous dire les choses les plus importantes. Je trouve que c'est mieux d'annoncer la nouvelle sans tourner autour du pot. Nous sommes dans une navette spatiale qui va nous emmener en orbite autour de la Terre. Les hommes que vous allez rencontrer sont des extraterrestres. Oui, les extraterrestres existent. Nous ne sommes pas seuls dans l'univers. Et non, ils n'ont pas de tentacules, ne veulent pas vous manger, et ils n'ont pas l'intention d'envahir la Terre. C'est la version très courte. Je vous laisserai digérer tout ça pendant le décollage. Une fois que nous ne serons plus sous l'emprise de la gravité, nous regarderons une courte vidéo de présentation que ma collègue Steff a préparée. Nous répondrons aux questions une fois que nous serons à bord du *Valkyr*. Et maintenant – accrochez-vous, mesdames, ça va secouer un peu.

Je restai juste assise là, sans en croire mes oreilles. Des extraterrestres ? Des vaisseaux spatiaux ? Des tentacules ? C'était un canular. Dans un instant, une équipe de tournage surgirait, en riant à gorge déployée de notre crédulité. Je refusais de tomber dans le panneau. Alors je me détendis sur mon siège, m'y adossai aussi confortablement que possible, et j'attendis que les caméras apparaissent.

Au lieu de ça, après dix secondes de silence sidéré, un puissant vrombissement éclata en dessous de nous. La pièce trembla, le sol vibra sous mes pieds, et une pression étrange m'enfonça plus profondément dans mon siège. Ça m'évoquait la sensation d'être dans un avion qui décolle, en beaucoup plus intense. D'accord, ils faisaient vraiment les choses à fond. Était-ce un simulateur de vol ? J'ignorais qu'il en existait de si grands, mais je n'avais pas non plus réalisé que la technologie holographique était aussi avancée.

Il fallut environ une minute pour que les secousses diminuent et que le bourdonnement s'atténue. Je restai fermement agrippée aux accoudoirs du siège, au cas où ils voudraient nous surprendre avec une autre série de simulations de tremblement de terre.

— Regardez ! s'écria une femme à ma droite. Regardez par la fenêtre !

Je dus tourner un peu la tête pour regarder par le hublot face à moi. Tandis qu'autour de moi les autres femmes poussaient des cris d'émerveillement, je riais. C'était un rire légèrement hystérique qui ne me ressemblait pas du tout. Ils avaient vraiment pensé à tout. Ce que j'avais pris pour des fenêtres étaient probablement des écrans qui ne montraient rien d'autre à présent que l'espace noir d'un côté et la planète Terre de l'autre. C'était ridicule. Aucune des autres ne croyait vraiment que c'était réel, si ?

Je me tournai vers Shona, qui regardait par la fenêtre d'un air émerveillé. Toutes les autres arboraient des expressions similaires, ébahies et captivées. Je n'étais quand même pas la seule à voir la vérité. Tout ceci était une mise en scène élaborée. Les caméras allaient apparaître d'un moment à l'autre.

Je tendis le cou pour voir Pam. Elle nous regardait toutes avec un sourire amusé. Lorsque ses yeux rencontrèrent les miens, son sourire s'élargit. Je le savais. Ce n'était pas réel. Et Pam était dans le coup. Est-ce que tout ce qu'elle avait dit était vrai ? Nous avait-on seulement trouvé de beaux partis ou est-ce que ça aussi faisait partie du stratagème ?

J'étais tellement furieuse que j'aurais pu crier. Pam dut s'en rendre compte, car son sourire vacilla un peu. Elle tendit la main vers une petite sphère flottante et la positionna devant sa bouche.

— Très bien, tout le monde, merci de rester assises. Le capitaine de la navette a activé la gravité artificielle pour vous permettre de vous acclimater plus facilement, mais si vous le souhaitez, nous pouvons la désactiver pendant un moment. Tout le monde adore flotter en apesanteur. Faisons un vote. Toutes celles en faveur de la désactivation de la gravité artificielle, levez la main.

Mon bras se leva. C'était impossible de simuler ça. La seule façon d'être vraiment en apesanteur était de tomber ou d'être dans l'espace. La mascarade ne tarderait pas à prendre fin. La plupart des autres femmes levèrent également la main, certaines plus hésitantes que d'autres. Deux d'entre elles gardèrent les mains fermement plaquées sur leurs genoux. L'une d'elles, une femme de type asiatique avec un immense arbre de vie tatoué autour du bras droit, semblait sur le point de vomir. J'espérais pour son bien que les caméras cachées ne tarderaient pas à révéler leur présence.

— Parfait, on dirait bien que la majorité d'entre vous est d'accord pour un peu d'apesanteur, annonça joyeusement Pam. Une fois que la gravité sera inactive, vous pourrez désactiver les sangles de votre siège en caressant les deux du bas en même temps. Comme ceci.

Elle fit la démonstration, l'air très ridicule quand elle caressa l'étrange tissu avec deux doigts. Sa ceinture s'ouvrit, les sangles flottèrent un instant comme si elles attendaient d'autres instructions, puis disparurent derrière le siège. Il y avait forcément une explication. Des aimants, probablement. Il y avait une explication logique à tout.

— Préparez-vous, le capitaine va désactiver la gravité artificielle dans trois... deux... un...

La plus étrange des sensations s'empara de moi. Je n'étais soudain plus assise sur mon siège. Je flottais légèrement au-dessus, effleurant le siège sans y mettre mon poids. C'était impossible. Invraisemblable. Mais quand la première femme se libéra de sa ceinture et se mit à dériver dans le tube métallique, je ne pouvais plus le nier.

Nous étions dans l'espace.

Et puisqu'aucune de ces technologies n'avait de sens, elle devait venir d'*ailleurs*.

Les extraterrestres existaient.

4

ᛏᚱᛁᚲᚨ

Errik

Mettre un groupe de mâles impatients et en rut dans un même bâtiment était une très mauvaise idée. Je m'échappai après seulement quelques clics, retournant dehors après avoir déposé mes affaires dans l'une des petites chambres. Je devais la partager avec un autre homme, ce qui ne fit qu'empirer ma mauvaise humeur. J'étais le dernier arrivé, ce qui veut dire que toutes les meilleures chambres étaient déjà prises. Au moins, mon camarade de chambre était un ami. Rune, le berserkr. Il ne resterait ici que peu de temps, car il ne faisait pas partie des hommes à qui on avait trouvé une compagne compatible.

Le capitaine Njal et sa partenaire Steff avaient décrété préférable que les Péritennes prennent quelques jours pour s'habituer à l'idée d'être en couple avec des extraterrestres. Péritus était une planète arriérée qui venait à peine de développer le vol spatial, elle n'avait donc pas encore officiellement établi de premier contact avec d'autres espèces. Certes, beaucoup d'entre eux avaient été enlevés en secret, et l'agence Hot Tatties formait des couples albo-péritens depuis trois rotations, mais la plupart des Péritens ignoraient totalement qu'il y avait de la vie en dehors de leur planète.

C'était logique que les femmes aient besoin de temps pour s'acclimater. Quelques Vikingar privilégiés resteraient sur le vaisseau pour s'assurer que tout fonctionnait bien et garantir la sécurité, mais ils devaient rester invisibles en permanence. Si tout se passait comme prévu, Steff serait la seule personne que les femmes verraient au cours des deux premiers jours. On leur présenterait ensuite le capitaine Njal, et en fonction de leur réaction, Steff déciderait du moment approprié pour laisser leurs compagnons potentiels revenir à bord du *Valkyr*.

J'étais l'un d'entre eux. Cette situation me fit cracher de dégoût. J'allais devoir décevoir une femme en lui annonçant que je ne comptais pas la prendre pour compagne. C'était la faute de Njal. Il avait transmis mon échantillon d'ADN à l'agence. Quelque part au fond de mon cœur de glace, je savais qu'il ne l'avait pas fait par méchanceté, mais ça n'avait aucune importance. C'était injuste. Tellement injuste.

Une goutte de pluie tomba sur mon nez, me faisant lever les yeux vers les nuages gris foncé qui descendaient du ciel. Ce doux paysage vallonné n'avait rien à voir avec les hauts sommets et les fjords étroits auxquels j'étais habitué sur Jörð. La maison de ma kvenn se trouvait sur une petite île entourée d'eaux tumultueuses, un fleuve si sauvage qu'il ne pouvait être traversé en bateau. Ma kvenn était aussi impétueuse que les flots autour de sa maison. Bien que ce soit une guerrière dans l'âme, elle était restée sur la planète pour s'occuper de ses parents malades. Elle avait toujours prévu de me rejoindre un jour sur le *Valkyr*... jour qui n'arriverait désormais jamais.

La pluie tombait maintenant comme des draps des nuages déversant leur lourde charge. Elle n'avait pas le même goût que la pluie sur Jörð. Celle-ci était plus fraîche, plus douce. Je lapai quelques gouttes, les yeux toujours levés vers le ciel. Les dieux de Jörð étaient morts avec la planète. Tout ce qu'il nous restait, c'était nos hamingja, nos esprits gardiens, et même elles avaient abandonné la plupart d'entre nous. Njal avait eu de la chance. La sienne était revenue et l'avait conduit jusqu'à Steff. La mienne, même si elle était encore là, était aussi impuissante que moi. Ma kvenn était morte. On ne pouvait pas la ramener à la vie. Il ne me restait plus que des souvenirs, ternis par la culpabilité et le désespoir.

— Tu peux partir, dis-je d'une voix douce. Mon hamingja, je n'ai plus besoin de toi. Va aider quelqu'un qui le désire vraiment.

Seul le silence accueillit mes paroles. Je ne m'attendais pas à une réponse. La hamingja communiquait par des actions, pas par des mots.

Il commençait à faire froid ici. Il fallait que je retourne auprès des autres, pour assister à l'arrivée des femmes. Après maintes délibérations, Steff avait accepté que des caméras soient installées dans les espaces communs du *Valkyr*. Ainsi, nous serions en mesure d'observer les Péritennes et d'avoir un premier aperçu de nos femelles. Tous les autres Vikingar étaient surexcités. Quant à moi, je redoutais seulement le moment où la femme qu'on m'avait trouvée se tiendrait devant moi. J'allais devoir la décevoir. Elle ne méritait pas ça. Mais elle ne méritait pas non plus de vivre avec un homme au cœur de pierre qui ne pourrait jamais l'aimer.

J'avais donné toute mon affection à Randi. Ma kvenn avait été le seul et unique amour de ma vie. J'allais peut-être ressentir de l'attirance physique pour cette femme une fois que je la verrais, mais je savais que ça ne pourrait jamais aller au-delà. Mon cœur était gelé, mort. J'étais incapable de donner à ma partenaire ce qu'elle méritait. Ça aurait été plus charitable de la laisser dans l'ignorance, qu'elle ne découvre jamais qu'elle avait une âme sœur extraterrestre. Elle aurait pu prendre un partenaire périten, pas un compagnon désigné par les dieux, mais néanmoins une relation pleine d'amour comme celle que j'avais eue avec ma kvenn.

— Errik ! s'écria Rune du bâtiment.

Sa voix était à peine audible sous le bruit de la pluie.

— Rentre ! Elles sont sur le point d'arriver !

J'envisageai de rester sous la pluie, mais en dépit de toutes mes réticences, j'étais curieux. Jusqu'à présent, je n'avais vu que deux Péritennes : Steff et Pam, les patronnes de l'agence Hot Tatties. Ces deux-là avaient de nombreuses similitudes mais aussi des différences : Steff était grande aux cheveux noirs bouclés, alors que Pam était petite, bien en chair, et avait la peau beaucoup plus claire. Ses cheveux roux étaient striés de gris, ce qu'elle affirmait être dû à l'âge. Je ne savais pas trop si elle se moquait de nous ou si c'était la vérité. Il me paraissait étrange que les cheveux puissent changer de couleur naturellement. Si un Vikingr voulait changer sa couleur, il devait avoir recours à des colorations.

Alors que je repartais lentement vers le bâtiment, chacun de mes pas était lourd et chargé de regret. Le sol se ramollissait sous l'assaut de la pluie ; bientôt, ce ne serait plus que de la boue. On nous avait dit qu'il pleuvait beaucoup dans cette région, mais j'espérais que ça s'arrêterait bientôt pour me permettre de sortir et d'explorer. De me vider la tête, de m'éloigner des autres mâles.

Tout le monde était assis dans la grande salle à manger commune. Les tables avaient été poussées sur le côté, créant un espace ouvert au centre pour que tout le monde puisse s'asseoir. Quelqu'un avait installé un vidéoprojecteur, et transformé l'un des murs en écran.

Quelques têtes se tournèrent quand je fis mon entrée, les vêtements et les cheveux dégoulinant de pluie. Mais voyant que ce n'était que moi, ils reportèrent aussitôt leur attention sur les images diffusées en direct. Avec un haussement d'épaules, je m'assis sur un siège. À l'écran, j'aperçus le réfectoire familier du *Valkyr*. Il avait été modifié au cours des derniers jours, transformé en espace chaleureux et coloré. Des coussins de toutes les couleurs de l'arc-en-ciel étaient posés sur les chaises et les bancs. Si on en croyait Steff, les coussins étaient importants. Je ne comprenais pas pourquoi, mais si ça aidait les Péritennes à s'adapter à leur nouvelle vie sans trop partir en crise de nerfs, tant mieux. Des théières fumantes remplies de thé périten avaient été disposées sur les tables, ainsi que des tasses délicates qui n'avaient rien à voir avec les cornes à boire et les grands mugs en grès que nous utilisions d'ordinaire. Steff avait même demandé à son compagnon de leur fournir des fleurs. Ce matin-là, ça avait été le drame quand Steff avait découvert que nous n'avions pas un seul vase à bord. À présent, des fleurs étaient entassées dans toutes sortes de récipients, dont certains que la femme avait trouvés dans la salle des machines. C'était ridicule à mes yeux.

Pour l'instant, aucune femelle à l'horizon.

— Où est-ce qu'elles sont ? marmonna Torsten à côté de moi. La navette est arrivée il y a vingt clics. Combien de temps ça leur prend de marcher du hangar jusqu'au réfectoire ?

D'autres hommes maugréaient, tout aussi impatients. Je commençais à trouver ça amusant d'en voir certains les yeux braqués sur l'écran, farouchement déterminés à ne rien manquer, tandis que d'autres devenaient émotionnellement instables. Béni soit mon cœur éteint. Je n'allais pas être affecté comme ils l'étaient.

— Silence ! s'écria quelqu'un à l'avant. J'entends rien avec tout ce bavardage !

— Il n'y a rien à entendre, rugit Rune à ma gauche. Soyez patients.

Des regards furieux se tournèrent vers lui, même si ce n'était pas de sa faute si les femmes étaient en retard.

De l'eau ruisselait de ma barbe, aussi courte soit-elle. Je passai mes doigts dedans pour la débarrasser de l'eau de pluie. J'avais rasé ma barbe à la mort de ma kvenn, puis j'avais continué de le faire pendant la rotation obligatoire de deuil. Passé ce délai, je l'avais parfois laissée pousser un peu, mais jamais à sa longueur d'avant. Njal m'avait taquiné à ce sujet, en se demandant à voix haute pourquoi ma barbe ressemblait à celle d'un jeune qui ne pouvait pas la laisser pousser davantage. Je l'avais ignoré. Je n'étais pas prêt à avoir l'apparence que j'avais avant la destruction de notre planète natale. Ma barbe taillée me rappelait le passé chaque fois que je me regardais dans le miroir, et les choses resteraient ainsi. C'est de cette façon, et en continuant à porter les tuniques que Randi m'avait cousues, que j'escomptais me souvenir, honorer la mémoire de ma kvenn.

— Là-bas ! s'écria Sten, et le silence tomba lorsque l'attention de tous se reporta vers l'écran.

Une tête familière était entrée dans notre champ de vision, suivie d'un groupe de Péritennes inconnues. Steff souriait, mais les visages des femmes derrière elle exprimaient la peur, l'incrédulité et la panique pure et simple. Laquelle d'entre elles m'était destinée ? On nous avait tous envoyé une brève description de nos partenaires, pas grand-chose d'autre que leur nom, leur âge, leur profession et une photo, mais j'avais refusé de la lire.

— Voilà la mienne ! s'exclama Frode.

Comment ce fainéant avait-il fait pour se dégoter une partenaire ? C'était un bon à rien d'assistant en ingénierie, qui passait l'essentiel de son service à se cacher de ses supérieurs. C'était un miracle qu'il ait trouvé l'énergie de soumettre un échantillon.

D'autres mâles poussèrent des cris qui me donnèrent envie de sortir de la pièce en courant. Ils étaient tous si heureux. Si soulagés de voir enfin leurs moitiés pour la première fois.

Les femelles restaient groupées tandis que Steff leur demandait de s'asseoir et de se détendre. Ça ne risquait pas d'arriver, à en juger par la façon dont elles s'agrippaient les unes aux autres. Je les regardai une à une, en me demandant si ma prétendante allait me sauter aux yeux. Une femme, aux cheveux raides et argentés qui lui arrivaient aux épaules, se tenait un peu à l'écart des autres. Pas une once de peur sur son joli visage, rien d'autre que de la curiosité. Les yeux rivés sur l'écran mural, elle observait sa planète depuis l'espace avec un émerveillement non dissimulé. Sa curiosité était si flagrante que j'étais fasciné. Je n'étais ni un scientifique ni un universitaire, loin de là, mais je savais apprécier la passion pour quelque chose. Dans son cas, c'était la passion pour l'apprentissage, pour l'inconnu. J'avais terriblement envie que les caméras se rapprochent d'elle pour que je puisse l'examiner de plus près. Mais celui qui contrôlait les caméras de surveillance se concentrait à présent sur Steff, qui commençait à s'adresser aux femmes.

Je laissai les mots flotter au-dessus de moi, écoutant à peine, pendant que j'encourageais mentalement la caméra à me montrer à nouveau cette femme éblouissante.

5

ᛏᚱᛁᚠᚪ

Holly

Maintenant que j'avais accepté que nous soyons bel et bien à bord d'un vaisseau spatial extraterrestre, mon côté nerd avait pris le dessus. Je n'étais pas devenue enseignante sans raison. J'aimais apprendre. Mes parents m'avaient surnommée leur « petite éponge insatiable » pendant mon enfance, car je les enquiquinais sans cesse avec des questions, ayant toujours besoin de savoir comment les choses fonctionnaient et pourquoi elles étaient comme elles étaient. J'avais dû les rendre fous. J'avais étudié l'enseignement primaire pour transmettre cette soif de savoir à la génération suivante.

Ici, sur ce vaisseau spatial, je retombais dans mes vieux travers et contemplais tout bouche bée, débordante de questions auxquelles j'avais besoin de réponses. Les autres femmes réagissaient complètement différemment. La plupart étaient effrayées, certaines proches de l'hyperventilation, tandis que d'autres avaient adopté une attitude stoïque, impassible ; une carapace pour se protéger de ce qui allait suivre.

Pam nous avait confiées à Steff, une femme d'une trentaine d'années dont les sublimes boucles noires semblaient flotter comme si nous étions encore en apesanteur. Steff n'avait pas dit grand-chose, se contentant de nous inviter à la suivre vers un endroit plus confortable. Pam était restée dans la navette, prête à repartir sur Terre. Je me demandais combien ça coûterait si l'une de nous décidait de revenir prématurément sur Terre. Les vols de la NASA coûtaient des millions, sinon des milliards de dollars, et leurs fusées n'étaient pas aussi sophistiquées que la navette que nous avions prise. Le fait qu'elle soit dotée d'un système de gravité artificielle était déjà incroyablement avancé.

Steff nous guida dans un couloir vaste et bien éclairé jusqu'à une grande salle, deux fois plus grande que ma classe. Elle ressemblait un peu à une cantine de bureau, à la différence que le mobilier n'avait rien à voir avec ce que l'on pouvait trouver sur Terre. Lignes épurées, métal brillant, surfaces flottantes, chaises qui semblaient *pousser* du sol. Sur beaucoup de chaises et de bancs se trouvaient des coussins colorés qui n'auraient pas détonné dans un repaire de hippies. Quelques couvertures y étaient éparpillées, même s'il faisait bon et chaud dans la pièce. Presque trop chaud. J'étais encore habillée pour une soirée fraîche à Glasgow. Pam avait dit que nos bagages seraient déposés dans nos chambres. Est-ce que ça signifiait que nous allions rester sur ce vaisseau, ou s'agissait-il seulement d'un autre moyen de transport vers une nouvelle destination ? J'imaginais que nous n'allions pas tarder à le savoir.

— Asseyez-vous, mesdames, dit Steff d'une voix joyeuse mais légèrement stressée. Vous n'avez rien à craindre. Les Vikingar ont reçu des instructions strictes de rester loin de vous jusqu'à ce que vous soyez prêtes. Pour l'instant, je veux vous en dire plus sur nos hôtes et ce qui vous attend dans les semaines à venir. Alors allez-y, asseyez-vous. Je vais demander qu'on nous apporte des boissons dans un instant.

— Et nos affaires ? intervint une femme.

— Elles vous attendront dans vos chambres. Je vous y conduirai après cette présentation. Je parie que vous avez toutes des centaines de questions.

Des centaines ? J'étais sûre de pouvoir en trouver bien plus que ça. Comme aucune des autres femmes ne s'asseyait, je pris l'initiative et m'assis sur l'un des sièges en forme de champignon. Je n'étais pas encore prête pour un banc flottant.

Steff me lança un sourire reconnaissant. Maintenant que j'avais ouvert la voie, les autres s'éloignèrent de leur groupe et la plupart d'entre elles me rejoignirent sur les chaises-champignon, à part deux qui restèrent debout.

Steff haussa les épaules.

— Faites comme vous voulez. *Valkyr*, apporte-nous onze verres d'H2O d'origine terrestre.

Une lueur apparut au-dessus de la table flottante à côté d'elle, puis un ensemble de verres en forme de corne sortit de nulle part. Nom d'un corbeau qui croasse ! Un cri de surprise m'échappa. C'était de la magie. En tout cas, ça y ressemblait. Comment faisaient-ils ça ? Téléportation ? Création instantanée de matière ? Une technologie pour laquelle nous n'avions même pas encore de nom ?

Notre guide nous distribua les cornes à boire avec un sourire complice.

— Je sais, ça fait très extraterrestre, tout ça. Je me suis dit que ce serait encore plus choquant si un Vikingar venait nous apporter nos boissons. Bon, Pam m'a dit que vous n'aviez pas eu le temps de regarder la vidéo de présentation que j'ai faite. Je ne veux pas y avoir mis toute cette énergie pour rien, alors on va la regarder maintenant. Malheureusement, je ne pense pas que le *Valkyr* connaisse les pop-corns, donc contentez-vous d'imaginer que votre eau est une sorte de soda.

Elle leva le poignet, révélant un gros bracelet chromé. Lorsqu'elle passa le doigt dessus, de minuscules lignes bleues apparurent à sa surface, puis une autre sphère en hologramme émergea au centre de la pièce. J'étais complètement sidérée à ce stade. Mes mille questions s'étaient transformées en dizaines de milliers.

Ce n'était pas la Terre, mais une autre planète que montrait la sphère.

La voix désincarnée de Steff retentit dans les haut-parleurs invisibles :

— Voici Jörð. C'est la planète des Vikingar. Ce sont des extraterrestres humanoïdes, pas très différents de nous. Il y a deux ans, leur planète a été détruite lors d'un événement catastrophique. Seuls environ un millier de Vikingar ont survécu. Parmi eux se trouve l'équipage du *Valkyr*, le vaisseau spatial vers lequel vous vous dirigez actuellement. Les Vikingar veulent à tout prix sauver leur espèce. Après des années de recherche, ils ont découvert que nous, les humaines, sommes compatibles avec eux physiquement et émotionnellement. Non seulement nous sommes capables de former des relations durables, mais nous pouvons même devenir des âmes sœurs. Après avoir examiné votre ADN et trouvé une correspondance, nous avons identifié un Vikingr compatible avec chacune d'entre vous. Ce qui signifie qu'il est fort probable que ce

Vikingr soit votre âme sœur, votre autre moitié. Et oui, je comprends si certaines d'entre vous ont du mal à me croire. Je fais ça depuis trois ans maintenant, donc j'ai assisté à toutes sortes de réactions après cette grande révélation.

— Trois ans ? demandai-je, incapable de m'en empêcher. Vous venez de dire que leur planète a été détruite il y a deux ans.

Steff hocha la tête vers moi.

— Ravie de voir que l'une de vous est attentive. Jusqu'à présent, Hot Tatties travaillait avec une autre espèce d'extraterrestres humanoïdes. Ils s'appellent les Albyens et, tout comme les Vikingar, ils avaient besoin de compagnes. En travaillant avec eux, nous avons réussi à former des centaines de couples. C'est toujours un choc pour les femmes de découvrir que non seulement les extraterrestres existent, mais qu'en plus on leur a trouvé un compagnon parmi eux. C'est pour ça que nous faisons cette présentation suivie de quelques jours pour vous habituer à l'idée. Vous pourrez explorer le vaisseau, vous habituer à la vie dans l'espace. Quand vous penserez être prêtes, vous pourrez rencontrer votre prétendant.

Elle s'éclaircit la voix.

— Je dois vous prévenir qu'ils vous observent peut-être en ce moment même. C'est l'une des conditions auxquelles nous avons dû consentir. Les Vikingar étaient impatients de vous rencontrer, mais ils comprennent aussi que vous ayez besoin de temps. C'est pourquoi des caméras sont installées dans tous les espaces publics, et c'est par ce biais que vos partenaires peuvent vous observer. Ne vous inquiétez pas, il n'y a pas de caméras dans les sanitaires et dans vos cabines privées. Si vous vous rencontrez dans un espace public et souhaitez avoir une conversation privée, dites simplement au *Valkyr* d'activer le mode confidentialité, et toutes les caméras seront désactivées pendant une heure.

Elle marqua une pause pour nous laisser le temps de digérer tout ça. J'avais la tête qui tournait. Mon âme sœur m'observait en ce moment même. Âme sœur. Était-ce seulement possible ? Je n'étais pas sûre de croire à ça. Des partenaires qui nous étaient destinés. C'était trop ésotérique. Je voulais des faits, des preuves, de la science. Mais Steff avait dit que ce processus de compatibilité était basé sur quelque chose qu'ils pouvaient trouver dans notre ADN. J'allais devoir lui demander plus de détails plus tard. Peut-être serait-elle même en mesure de me montrer comment ça fonctionne. Cette perspective réjouissait la geek en moi.

Steff fit quelque chose avec son bracelet, puis une grosse mouche noire se détacha du mur et vola vers elle. Elle atterrit sur la main ouverte de Steff. Quelques marmonnements de dégoût se firent entendre autour de moi, mais j'observais la scène avec fascination.

— C'est l'une des caméras, expliqua Steff en caressant la mouche qui n'en était pas une. Après aujourd'hui, les Vikingar pourront les contrôler à distance, donc je voulais vous les montrer maintenant. Il se pourrait qu'elles volent autour de vous, mais si elles s'approchent trop, n'hésitez pas à leur donner une bonne tape. Les Vikingar ne sont pas toujours très bien élevés. Ils nous ressemblent pas mal physiquement, mais il y a beaucoup de différences culturelles. Mon compagnon et moi continuons de découvrir chaque jour de nouvelles similitudes et différences.

— Votre compagnon ? répéta Shona.

— Oui. Mon compagnon est un Vikingr. D'ailleurs, c'est le capitaine de ce vaisseau. Je vous raconterai l'histoire de notre rencontre une autre fois, mais sachez simplement que j'ai été à votre place. Je sais ce que c'est que d'être avec un extraterrestre. Demain, je vous ferai un cours intensif sur certaines des choses que vous devez savoir à propos des Vikingar, mais il se fait tard. On va dîner, et ensuite je vous montrerai vos chambres.

Le dîner s'avéra être des lasagnes de légumes servies dans d'immenses plats. Quiconque avait cuisiné pour nous, que ce soit un extraterrestre, un humain ou le vaisseau spatial, avait été plus que généreux en estimant les quantités que nous mangerions. Certaines d'entre nous se resservirent – dont moi – mais même après ça, il y avait assez de restes pour deux autres repas.

— Les Vikings mangent beaucoup ? demandai-je à Steff, qui se relaxait sur un banc flottant.

Elle me fit un grand sourire.

— En effet. Et le terme correct est Vikingar. Le singulier Vikingr, le pluriel Vikingar. Ils ressemblent aux Vikings humains dans une certaine mesure, mais on n'a pas encore su déterminer si la ressemblance de nom et de culture n'est qu'une coïncidence ou s'il y a un autre lien.

— Un lien ? Vous voulez dire que la culture viking a été influencée par les extraterrestres ? Créée par les extraterrestres, même ?

— Ce n'est que de la spéculation à ce stade. Je suis sûre que l'Université intergalactique fera des recherches une fois qu'ils sauront que nos deux espèces sont compatibles. Nous l'avons gardé secret pour l'instant pour qu'ils n'interfèrent pas avec ce premier groupe de couples. Et on peut se tutoyer si ça te convient.

— OK. Tu as bien dit, l'Université intergalactique ? demandai-je, mais Steff se contenta de sourire et se leva.

Elle frappa dans ses mains pour attirer l'attention de tout le monde.

— Maintenant qu'on a mangé, je vais vous montrer vos cabines. Suivez-moi. Si vous pensez que vous aurez peut-être faim dans la nuit, n'hésitez pas à prendre une assiette avec vous.

Personne ne le fit. J'étais trop surexcitée pour penser à manger davantage, peu importe à quel point le repas était délicieux. Jusqu'à présent, nous n'avions vu que cette salle, le hangar où la navette avait accosté et le couloir qui reliait les deux pièces. À présent, nous allions davantage explorer le vaisseau spatial.

L'ambiance avait un peu changé. Aucune des femmes ne semblait vraiment à l'aise, mais la peur initiale avait disparu. Même les femmes qui avaient été trop timides pour s'asseoir sur une chaise extraterrestre avaient fini par avaler leur dîner. Quelques bâillements signalèrent qu'il se faisait tard. Je consultai ma montre. Wahou, il était déjà 2h du matin. J'avais largement dépassé mon heure de coucher. En tant qu'enseignante, je devais me lever tôt, et j'avais gardé ce rythme même après avoir démissionné de mon poste. Être encore éveillée après 22h était anormal pour moi, donc c'était surprenant que je ne me sente pas si fatiguée que ça. C'était probablement dû à toute l'adrénaline et l'excitation. Pour voir un vaisseau spatial extraterrestre, j'étais prête à renoncer à tout le sommeil du monde.

6

ᛏᚱᛁᚠᚪ

Errik

C'était fascinant d'observer les femmes. Même les mâles qui n'avaient pas de partenaire étaient collés à l'écran, commentant le moindre mouvement des Péritennes. À un moment donné, on nous servit le même plat périten qu'aux femelles. Avec appréhension, je reniflai la masse tremblotante d'ingrédients inconnus. Ça n'était pas appétissant, mais les femmes semblaient se régaler. De fines tranches de ce qui était peut-être de la viande beige pâle étaient recouvertes de légumes colorés – même si c'était la première fois que je mangeais de la nourriture péritenne et que tout ceci aurait aussi bien pu être de la viande, des fruits, des nutriments synthétiques ou Thorr sait quoi. Ce n'était pas aussi mauvais que ça en avait l'air, mais ça ne suscitait pas chez moi autant d'enthousiasme que chez la femelle aux cheveux argentés que j'observais. J'arrivais tout juste à me forcer à regarder les autres Péritennes. Aucune d'entre elles n'était aussi fascinante qu'elle. Après avoir pris une assiette de nourriture, elle s'était assise à côté de Steff et s'était lancée dans une conversation avec elle. Depuis qu'on avait servi le repas, les microphones étaient coupés pour leur accorder un peu plus d'intimité, donc je ne pouvais qu'imaginer de quoi elles parlaient. La femme voulait-elle en savoir plus sur son partenaire vikingr ? Lui demandait-elle quand elle pourrait le voir ?

— Vikingar ! s'écria soudain Njal du fond de la pièce.

Je n'avais pas compris qu'il nous rejoindrait ici sur Péritus.

— J'espère que ce premier aperçu de la cuisine péritenne vous plaît. Vous en aurez bien d'autres dans les jours qui viennent. Et maintenant, la lager ! Une merveilleuse boisson alcoolisée péritenne que Steff m'a fait découvrir. C'est similaire à notre bière, donc je crois qu'Errik en particulier sera curieux d'essayer.

Le capitaine me fit un grand sourire, me rappelant ostensiblement que j'avais dépensé une partie de mon héritage pour installer un système de brassage dernier cri sur le *Valkyr*. Une tentative de me soûler jusqu'à l'oubli, de noyer la souffrance que je ressentais à chaque instant de la journée. Njal et les autres l'avaient interprété comme un geste altruiste pour améliorer le moral de l'équipage. Chose que je les avais laissés croire.

— Malheureusement, la technologie ici n'est pas assez avancée pour téléporter les boissons directement jusqu'à vous, donc vous allez devoir les récupérer ici, continua Njal. Pendant que vous goûtez la lager pour la première fois, je parlerai aux dix d'entre vous qui ont la chance d'être compatibles avec une Péritenne. Je vous montrerai votre partenaire afin que vous puissiez rêver d'elle ce soir. Demain, vous aurez accès aux caméras, ce qui vous permettra d'observer votre partenaire de plus près. Steff m'a rappelé de vous préciser que les femmes ont droit à leur intimité. Si elles chassent la caméra, respectez leurs souhaits et éclipsez-vous pendant un petit moment. Maintenant buvez, mes amis, car dix d'entre vous s'apprêtent à être les mâles les plus chanceux de l'univers !

Tout le monde l'acclama. Sauf moi. Une colère froide s'empara de mon cœur alors que je dévisageais Njal avec dégoût. Je ne voulais pas être *chanceux*. Je ne voulais rien de tout cela.

Je me levai d'un bond, mon assiette tomba par terre et se brisa en morceaux. Je m'en fichais. Je sortis de la pièce en trombe, en passant devant les Vikingar joyeux, devant mon capitaine. Ce n'est qu'une fois dehors, où la pluie froide m'ouvrait à nouveau les bras, que je me calmai un peu.

Les nuages dissimulaient les étoiles, transformant le ciel nocturne en obscurité nébuleuse. Non pas que je me soucie de ces étoiles. Pas même de Sunna, le soleil autour duquel Jörð tournait avant sa destruction. Ça ne faisait que me rappeler tout ce que j'avais perdu.

Je laissai la pluie s'abattre sur moi, tremper mes vêtements, refroidir ma colère. Je n'entendais que le son des gouttes de pluie frappant le sol boueux. C'était étrangement apaisant.

J'ignore combien de temps je restai planté là. Quand Njal me rejoignit pour contempler le ciel sans étoiles, je grelottais de froid.

— Je sais que c'est dur, dit-il à voix basse, à peine audible dans la pluie battante. Je sais qu'elle te manque. Mais ça fait deux rotations. Il est temps de passer à autre chose.

Je ne répondis pas. C'était facile à dire pour lui. Il n'avait jamais eu de kvenn. Njal avait fréquenté des prostituées dans les bases spatiales et lors de nos escales sur Jörð, mais il n'avait jamais été dans une relation sérieuse avant de trouver sa partenaire péritenne. Il était totalement étranger au sentiment de perte que je ressentais.

— De quoi est-ce que tu as besoin ? demanda Njal, passant de son rôle de capitaine à celui d'ami. Comment est-ce que je peux te faciliter les choses ?

— Tu connais déjà ma réponse.

J'avais la voix enrouée par l'émotion.

— Renvoie-la. Trouve-lui quelqu'un d'autre. Laisse-moi en paix.

— Si tu étais vraiment en paix, j'y réfléchirais. Mais tu souffres. Tu n'es plus que l'ombre du Vikingr que tu étais. Il est temps de passer à autre chose, Errik. Laisse le passé derrière toi comme nous tous. Honore ta kvenn en menant une vie heureuse. Elle ne voudrait pas que tu sois seul et malheureux pour le restant de ta vie.

— Je ne peux pas donner à une femme ce qu'elle mérite. Tu l'as dit toi-même, je ne suis qu'une ombre. Il n'y a plus d'amour dans mon cœur. Ce ne serait pas juste pour elle d'être liée à moi, quelqu'un qui ne serait peut-être jamais capable de la chérir comme un compagnon devrait le faire.

Njal me saisit par les épaules pour me forcer à le regarder.

— Je ne sais pas si tu es au courant, mais ma mère a perdu son premier compagnon au combat. Elle a rencontré mon père quelques rotations plus tard. Quand j'étais enfant, je lui ai demandé comment c'était possible, comment elle pouvait avoir deux compagnons. Je me souviens encore de son sourire quand elle m'a dit qu'on pouvait aimer plus d'une personne dans sa vie. Une mère a assez d'amour dans son cœur pour tous ses enfants, peu importe combien elle en a, alors pourquoi un homme ne pourrait-il pas avoir assez d'amour pour plusieurs femmes au cours d'une vie ?

Je ne dis pas que tu devrais arrêter d'aimer ta kvenn. Je sais à quel point elle comptait pour toi. Mais honorer sa mémoire ne t'empêche pas d'aimer ta compagne péritenne tout autant.

C'était la première fois que j'entendais Njal prononcer un discours aussi long. En tant que capitaine, il restait toujours un peu à l'écart de nous tous, pour garder une distance émotionnelle. J'ignorais totalement qu'il était capable d'une telle compassion – ou de parler avec autant d'éloquence.

— Est-ce qu'il faut que je te donne un ordre ? demanda-t-il fermement. Tu as scellé un pacte de sang avec moi. Je te forcerai à l'honorer au besoin.

Je reculai et le saluai avec toute ma sincérité.

— Ce ne sera pas nécessaire, capitaine. Je vais méditer sur tes paroles.

Njal eut un petit sourire.

— Veille aussi à agir en conséquence. Demain, je veux que tu observes les femelles comme tous les autres. Et enlève cette tunique. Il est temps.

Je me détournai avant qu'il puisse voir mon expression de visage. Une peur immense déferla en moi. Enlever la tunique, celle que Randi m'avait cousue. Une fois que je l'aurais fait, j'aurais l'apparence d'un célibataire. Est-ce que j'étais prêt ?

J'attendis que Njal soit retourné dans la maison pour le suivre d'un pas lent. Avec un dernier regard vers le ciel sombre et lugubre, je me dirigeai vers ma chambre – avant de me rendre compte que je la partageais avec quelqu'un d'autre. Alors je fis de nouveau volte-face, repartis sous la pluie, et j'arrachai lentement la tunique trempée et élimée de mon torse.

Une fois chose faite, quand la chemise ne fut plus qu'un amas froissé dans ma main, je la plaquai contre ma poitrine.

— Je suis désolé, Randi, murmurai-je.

Mes lèvres caressèrent le tissu mouillé alors que je disais adieu à ma kvenn.

Pendant une heure, je lui fis mes excuses. Je lui parlai de mes regrets, de tout ce que j'avais prévu de faire avec elle, de la vie que nous aurions dû mener. Je chuchotai mes sentiments les plus profonds, mon chagrin et mon sentiment de culpabilité. Et quand la pluie s'arrêta enfin, mon cœur était un peu plus léger.

7

ᛏᚱᛁᚲᚨ

Holly

Un bruit affreux me réveilla, mélange de trompette désaccordée et d'un enfant de cinq ans essayant de jouer d'un instrument à cordes pour la première fois. Je me couvris les oreilles et poussai un grognement. Qu'était-il arrivé à mon réveil ? Ce n'était pas la sonnerie ordinaire qui me réveillait chaque matin à la même heure, que ce soit le week-end ou un jour de travail.

Il me fallut un temps affreusement long pour retrouver mes repères et me rappeler où j'étais. Hier soir, on m'avait conduite à un vaisseau spatial. Aujourd'hui, j'allais en savoir plus sur les extraterrestres que nous allions rencontrer. Et épouser.

Je me redressai d'un coup à cette pensée. Au milieu de toute l'excitation des révélations d'hier, je n'avais pas vraiment assimilé qu'on m'avait branchée avec un extraterrestre. Et la seule raison pour laquelle les Vikingar avaient choisi des Terriennes, c'était parce qu'ils pouvaient nous mettre enceintes. Ils avaient besoin d'une nouvelle génération pour sauver leur espèce de l'extinction. Steff ne l'avait pas dit en ces termes, mais c'était évident. Nous étions censées mettre au monde des bébés extraterrestres.

J'avais 38 ans, donc c'était surprenant qu'ils m'aient choisie, et pas seulement des femmes plus jeunes capables de pondre un bus entier de bébés avant d'atteindre la ménopause. Mais j'imaginais que si leurs tests ADN avaient conclu que l'extraterrestre et moi étions faits l'un pour l'autre, l'âge n'avait aucune importance.

J'aurais aimé en savoir plus à son sujet. Enfin, disons plutôt *quelque chose* à son sujet. Je ne connaissais même pas son nom. Et nous ne savions toujours pas à quoi ressemblaient les extraterrestres. Pas de tentacules, avait dit Steff. Je ne savais pas si j'étais soulagée ou déçue.

Quand l'affreux réveil sonna une deuxième fois, je sortis de mon lit confortable et cherchai des vêtements dans ma valise. J'avais été trop fatiguée la veille pour défaire mes bagages. La cabine était petite mais confortable ; pas beaucoup plus qu'un grand lit king-size, quelques casiers encastrés dans les murs pouvant servir d'étagères, un miroir et un grand écran au-dessus du lit. En cet instant, il offrait la même vue de la Terre que j'avais admirée dans la salle à manger. Il n'y avait pas de penderie, alors je remplis les casiers avec mes vêtements et d'autres objets improbables que j'avais apportés. Mes affaires de toilette étaient déjà dans la salle de bain commune. Je me souvenais vaguement m'être sentie reconnaissante en découvrant que les toilettes extraterrestres fonctionnaient de la même manière que les toilettes humaines, mais j'avais été trop épuisée pour explorer les salles de bain correctement. Ne sachant pas si j'avais le temps de prendre une douche avant le petit-déjeuner, j'enfilai une simple robe longue de couleur bleue. Supposant que nous nous rendions dans un endroit ensoleillé – les images de la brochure de l'agence étaient peuplées de couples heureux sur des plages tropicales –, j'avais principalement emporté des robes. Heureusement, il faisait agréablement chaud à bord du vaisseau spatial.

En sortant de ma cabine, je tombai sur une jeune femme qui avait été particulièrement effrayée à notre arrivée. Elle avait la vingtaine, des traits délicats, presque elfiques, et une adorable coupe à la garçonne. Elle m'adressa un sourire nerveux.

— Tu as bien dormi ? demandai-je en regardant à gauche puis à droite, incapable de me souvenir d'où nous étions arrivées la nuit dernière.

— Pas vraiment. Tu crois qu'ils vont nous présenter les extraterrestres aujourd'hui ?

Sa voix tremblait légèrement. Elle avait toujours peur. Ce qui m'amena à me demander : pourquoi n'étais-je pas aussi effrayée qu'elle ? J'étais sur un vaisseau spatial loin de chez moi. J'aurais dû être terrifiée. Au lieu de quoi, je m'étais endormie presque aussitôt et j'avais dormi toute la nuit, sans être tourmentée par des cauchemars ou l'inquiétude. L'excitation était l'émotion dominante qui me guidait ce matin. Peut-être que la peur viendrait plus tard. C'était peut-être tout simplement la stratégie d'adaptation préférée de mon cerveau.

— Steff a dit que ce serait à nous de décider quand on serait prêtes à les rencontrer, la rassurai-je. Au fait, je m'appelle Holly.

— Candice. Comment est-ce que tu fais pour être aussi calme ?

Je haussai les épaules.

— Aucune idée. Je suis enseignante, alors c'est peut-être parce que j'ai l'habitude de rester calme dans des situations stressantes. Ou peut-être que je n'ai pas encore bien digéré tout ça.

Mon estomac grogna si fort que le regard de Candice se tourna vers mon ventre.

— Désolée. Tu sais comment retourner à la salle à manger ? J'ai un très mauvais sens de l'orientation.

Candice pointa notre droite.

— Je crois que c'est par là. Ça t'embête si on déjeune ensemble ?

— Pas du tout ! On est toutes dans le même bateau. Je doute que l'une d'entre nous s'attendait à être maquée avec un extraterrestre.

À la mention de nos hôtes inconnus, les lèvres de Candice tremblèrent. Je lui pris aussitôt la main et l'entraînai dans le couloir.

— Allez, avant que mon ventre ne lance sa propre chorale.

Malheureusement, mon public n'avait pas huit ans, donc ma blague ne provoqua pas les rires que j'avais espérés. Il fallait que je me rappelle que j'étais au milieu d'adultes à présent. Comporte-toi bien, Holly.

La plupart des autres femmes étaient déjà dans la salle à manger. Certaines étaient encore en pyjama, tandis que d'autres étaient impeccablement vêtues, maquillées et parées de bijoux, prêtes à rencontrer leur prétendant. Steff nous fit signe quand nous entrâmes.

— Bonjour ! Faites comme chez vous pour le petit-déjeuner. Il y a de la nourriture humaine normale sur la table de gauche, notamment des céréales, et des spécialités vikingar sur celle de droite. Elles sont toutes comestibles pour les humains, ne vous inquiétez pas. À partir de maintenant, tous nos repas seront composés des deux cuisines, pour vous permettre de vous habituer à la nourriture vikingr à votre propre rythme.

Je me dirigeai immédiatement vers la droite, mais Candice se contenta de jeter un regard sceptique à la table de mets extraterrestres avant de se diriger vers l'assortiment de céréales. Plusieurs bols fumants m'attendaient, ainsi qu'un plat contenant de minuscules carrés noirs ressemblant à du chocolat, et un autre rempli de ce qui aurait pu être des saucisses rose vif. À moins qu'il ne s'agisse de légumes. Ou de fruits. Je n'étais pas censée faire de suppositions. Tout ceci était nouveau, et même si je ne pouvais m'appuyer que sur le cadre de pensée de mon expérience humaine, je devais aborder chaque situation en gardant l'esprit ouvert.

J'empilai un peu de tout sur une grande assiette et je rejoignis Candice. Son regard passa de son bol de cornflakes à mon buffet extraterrestre et ses yeux s'arrondirent. Un peu gênée, j'essayai l'un des carrés noirs. Dès que mes lèvres se refermèrent dessus, le carré fondit, libérant des saveurs délicates de caramel, de sel marin et des notes d'agrume. Encore une fois, je me réprimandai d'avoir pensé en termes terrestres. Ce n'était pas du caramel ou de l'orange. C'était inconnu. Un jour ou l'autre, je connaîtrais les véritables ingrédients – si je décidais de rester.

Après le petit-déjeuner, Steff nous dit de déposer nos assiettes sales sur une des tables. Dès qu'elles furent toutes empilées les unes sur les autres, l'air se mit à scintiller autour d'elles et une seconde plus tard, elles avaient disparu.

— C'est comme si on avait des elfes de maison, marmonna Shona.

J'étais entièrement d'accord. Si les choses tournaient mal, je voulais qu'on installe la même technologie chez moi.

Nous disposâmes nos chaises en cercle, ce qui me procura un sentiment familier – c'était comme à l'école. Steff attendit que tout le monde soit confortablement installé avant de commencer sa leçon.

— Je me suis dit que j'allais commencer aujourd'hui en vous donnant l'occasion de poser des questions. Vous avez toutes eu le temps de réfléchir à tout ça pendant la nuit, donc je suis sûre que vous avez beaucoup de questions à me poser. Mais avant tout, je vais vous dire que les Vikingar sont impatients de vous rencontrer. Njal, mon partenaire, m'a dit qu'ils vous observent avec grand intérêt. À vrai dire, ce n'est pas le terme qu'il a utilisé, mais pour l'instant, on va rester dans un registre tout public. Faites coucou à la caméra, mesdames – ils nous regardent en ce moment même.

— C'est un peu flippant, marmonna Shona. On dirait une émission de téléréalité.

— Je sais, dit Steff d'un ton sincèrement compréhensif. Mais c'était le seul moyen de les convaincre de nous accorder quelques jours de répit. Ils étaient tellement surexcités d'apprendre qu'ils étaient compatibles avec des humaines, que ça a été difficile de les empêcher de vous kidnapper toutes dans vos maisons.

— Kidnapper ? répéta Candice en écarquillant les yeux. Ils feraient ça ?

Steff sourit de toutes ses dents.

— Njal l'a fait avec moi. Ce n'est qu'une des innombrables différences culturelles. Si les Vikingar veulent quelque chose, ils le prennent. C'est de notoriété publique dans toute la galaxie qu'ils pillent les vaisseaux et envahissent les stations spatiales. Ce sont des pirates, en somme. Mais ne vous laissez pas effrayer. Ils ont une éthique qui fait d'eux de bons gars dans l'ensemble – par exemple, ils ne feraient jamais de mal à une femme. Ils seront même prêts à tuer pour vous protéger une fois que vous aurez accepté d'être leur compagne. Les Vikingar sont farouchement protecteurs et assez territoriaux aussi. Njal est encore agacé chaque fois que l'un des autres Vikingar s'approche de moi. Apparemment, ça va s'atténuer avec le temps. On est ensemble depuis quelques semaines seulement.

— Quelques semaines ? demandai-je, très surprise. À t'entendre, on aurait dit que tu étais avec ton extraterrestre depuis longtemps.

— C'est l'impression que ça donne. Quand vous trouvez votre moitié, c'est comme si vous redécouvriez une partie de vous-même que vous aviez oubliée. J'ai beau n'avoir rencontré Njal que le mois dernier, j'ai l'impression de le connaître depuis toujours. Ne vous méprenez pas, ce n'est pas toujours facile. Mais ça en vaut entièrement la peine. Me faire enlever par Njal est la meilleure chose qui me soit jamais arrivée. Et maintenant, je veux m'assurer que vous trouviez le même bonheur avec vos propres partenaires extraterrestres.

— À quoi ressemblent-ils ? demanda une superbe rousse.

Je me souvenais vaguement qu'elle s'était présentée sous le nom de Demelza lors du dîner.

Steff leva son bracelet et frotta le métal cuivré.

— Je pourrais vous les décrire, mais c'est beaucoup plus facile de vous les montrer. Voyons si je me souviens comment faire ça correctement. J'appelle mon compagnon et si tout se passe bien, il devrait apparaître ici en hologramme grandeur nature. Comme vous n'avez pas encore d'implants de traduction, mesdames, il y aura une traduction automatique – je vous préviens, elle ne capte pas toujours toutes les nuances du langage, donc si vous avez l'impression que Njal dit quelque chose d'étrange, ce sera peut-être une erreur de traduction.

Dès qu'elle eut fini de parler, la silhouette bleutée d'un homme apparut au centre de notre cercle. Il mesurait à peine trente centimètres.

— Grandeur nature ? chuchota Shona. C'est leur taille réelle ?

— Non ! s'esclaffa Steff. C'est moi qui suis nulle avec la technologie vikingr. Laisse-moi essayer autre chose... ah oui, le voilà grandeur nature.

L'hologramme grandit instantanément, mesurant désormais plus d'un mètre quatre-vingt-dix. Il semblait presque dépasser les deux mètres, mais c'était difficile d'estimer correctement sa taille en étant assise.

— Njal, dis bonjour, dit Steff avec un sourire affectueux. Je voulais montrer à nos invitées à quoi ressemblent les Vikingar.

Il était bleu vif, avec de longs cheveux argentés qui étaient plus longs que les miens. Tout chez lui était énorme. Ses jambes, couvertes uniquement par un short noir qui lui arrivait à mi-cuisse, ressemblaient à des troncs d'arbres. Ses bras étaient si massifs que ça expliquait pourquoi il ne portait pas de haut – il se déchirerait probablement au moindre mouvement. Une barbe hirsute lui donnait une apparence sauvage, mais ses yeux bleu foncé brillaient d'intelligence. Dans une main, il tenait une énorme hache qui semblait capable de trancher des têtes d'un seul coup.

— C'était vraiment nécessaire d'apporter la hache ? soupira Steff. Tu es incorrigible.

— Il faut qu'elles voient un Vikingr sous son meilleur jour, répondit-il d'une voix grave. Aucun Vikingr n'est entier sans sa hache. C'est ainsi que nous allons au combat. C'est ainsi que nous entrons au Valhalla.

Steff leva les yeux au ciel.

— Comme vous pouvez le constater, ils sont plutôt imbus d'eux-mêmes.

— Et mignons, rugit Njal. Tu n'arrêtes pas de me le dire.

— C'est privé.

Les joues de Steff s'assombrirent.

— Enfin bref, il y a de petites différences physiques d'un Vikingr à l'autre, mais ils ont tous la peau bleue, n'aiment pas porter de hauts, et ont un ego aussi gros qu'une planète.

— On aime les tuniques, rectifia Njal. Si notre moitié les coud pour nous.

— Oui, oui, je sais. Je n'ai pas encore eu le temps de me consacrer à ça. J'ai été plutôt occupée à trouver des partenaires pour ton équipage, tu te souviens ? Tu auras ta tunique... un jour ou l'autre.

Rassuré, Njal sourit à sa partenaire. Même si ce n'était qu'un hologramme, l'amour dans son regard était flagrant. Ces deux-là s'aimaient vraiment. Et ils se chamaillaient comme un vieux couple marié. Était-ce ce qui se passait quand on trouvait son âme sœur ? Si c'était le cas, j'avais hâte de rencontrer la mienne.

Steff parcourut notre cercle du regard.

— Si vous avez des questions pour Njal, n'hésitez pas à les poser maintenant.

Le silence tomba. J'avais beaucoup de questions à propos des Vikingar, mais je pensais qu'il valait mieux les poser à Steff, et non à cet immense extraterrestre intimidant. Comme personne ne parlait, Steff fit signe à sa moitié pour lui dire au revoir avant de mettre fin à la communication. Immédiatement, tout le monde se mit à parler en même temps, mais une question me fit rire aux éclats : « À quoi ça ressemble sous leurs pantalons ? »

8

ᛏᚱᛁᚠᚨ

Errik

Nous passâmes toute la journée à observer nos femelles. Après le déjeuner, nous eûmes enfin accès à des images privées que nous pouvions regarder dans nos chambres ou sur les écrans de la maison. Je me retirai dans ma chambre, content que Rune n'ait pas eu la même idée. Je m'installai sur le lit – je trouvais ça étrange que le lit reste dans la même position toute la journée et ne se transforme pas en un autre meuble comme c'était le cas à bord du *Valkyr* – et je fis défiler les flux vidéo jusqu'à trouver la femme que je cherchais.

Après avoir rencontré Njal en visio, les femmes avaient posé les questions les plus ridicules. Steff avait essayé de répondre à chacune d'elles, même les plus étranges. Nombre d'entre elles concernaient nos habitudes vikingar, la nourriture, le mode de vie – c'était compréhensible qu'elles veuillent savoir à quoi ressemblerait la vie avec un Vikingr. Certaines posaient des questions sur la reproduction et demandaient à quoi ressemblaient nos chambres. Cette femme devait être très intéressée par le design intérieur pour poser une question aussi ennuyeuse. Steff se contenta de sourire, leur dit qu'elles le découvriraient par elles-mêmes et qu'elles ne devaient pas s'inquiéter.

On frappa à la porte, puis Njal fit irruption dans ma chambre. Il jeta un coup d'œil à mon écran, sur lequel s'affichait actuellement la femelle aux cheveux argentés en train de parler à deux autres Péritennes moins intéressantes.

— Quelqu'un te l'a dit ? demanda Njal, un sourire en coin.

— Me dire quoi ?

Il désigna la femme.

— Tu es sorti de la pièce hier soir avant que j'aie le temps de te parler de ta moitié. C'est elle. Je suppose que quelqu'un te l'a dit ?

Mon cœur battait si fort dans ma poitrine que ça en devenait presque douloureux. Je la dévisageai, la femme qui m'avait fasciné dès l'instant où je l'avais vue pour la première fois. Était-il possible que je sois attiré par elle grâce à notre lien des âmes sœurs, même si nous ne nous étions pas rencontrés en personne ? Une douleur aigüe au-dessus de mon sexe me fit grimacer. Je m'agrippai l'entrejambe, ignorant complètement Njal.

— Est-ce que c'est ta hache nuptiale ? demanda mon capitaine d'un ton compatissant. Je sais que c'est désagréable quand elle grandit et adopte sa forme définitive. Plusieurs autres hommes ont signalé que le processus avait commencé pour eux aussi. J'ai toujours supposé qu'il fallait que les partenaires se touchent ou se rencontrent au minimum, mais ça prouve qu'il suffit de les voir à l'écran.

Je réprimai une grimace.

— Combien de temps ça va durer ?

— Pour que ça arrête de faire mal ? Jusqu'à ce que tu t'accouples avec elle. C'est à ce moment-là qu'elle prend sa forme finale. Et si tu ne bandes pas déjà, ça viendra dès que tu la rencontreras enfin. C'était une torture.

Je ne lui avouai pas que j'avais été à moitié en érection toute la nuit. Au lieu de quoi, je recommençai à fixer l'écran, ma partenaire. Était-ce une coïncidence que je l'aie trouvée plus intéressante que toutes les autres femelles, ou était-ce l'univers qui me l'avait désignée de son doigt étoilé ?

— Elle s'appelle Holly Lancaster. Elle est enseignante. 38 ans péritens. Et...

— Quoi ? grommelai-je.

— Elle a eu un partenaire par le passé. Il est mort.

Une centaine d'émotions brûlaient dans mon cœur brisé. Sa douleur, la même douleur que je ressentais depuis deux rotations. Et du soulagement, parce qu'elle saurait ce que ça faisait. Du chagrin pour elle. Personne ne devrait jamais avoir à pleurer son partenaire. Et puis il y avait une petite étincelle de quelque chose d'autre, quelque chose que je ne parvenais pas tout à fait à identifier. Elle illuminait les couloirs obscurs de mon cœur, vacillait doucement mais à intervalle régulier.

— Peut-être que j'aurais dû la laisser te le dire, dit Njal. Mais je me suis dit que c'était important que tu le saches. Vous deux êtes similaires à bien des égards. Tout ce que j'ai lu sur elle te correspond.

— Il y a d'autres choses ? Raconte.

— Pas encore. Tu peux tout découvrir quand tu la rencontreras. C'est beaucoup plus amusant d'apprendre à connaître ta moitié de cette façon. Fais-moi confiance, je sais ce que je dis. Je découvre encore chaque jour des choses fascinantes à propos de Steff. La plupart d'entre elles sont positives.

— La plupart ?

Njal eut un petit rire.

— Ne lui dis pas que j'ai dit ça. On a besoin de moi à bord du *Valkyr*. Ça va aller ?

Je le fusillai du regard.

— Je suis un guerrier vikingr. Je ne suis pas faible.

— Je n'ai jamais dit que tu l'étais. D'ailleurs, je te considère comme l'un des mâles les plus forts que je connaisse.

Sur ces mots, il partit, me laissant méditer sur ses paroles. En dépit de ma vantardise, je ne me sentais pas fort.

Toute ma jeunesse, je m'étais entraîné pour être un *drengr*, un guerrier. J'étais monté en grade grâce à mes compétences, ma détermination et ma brutalité. Mon affectation au *Valkyr* avait été un accomplissement que j'avais célébré avec un tonneau entier de bière. Je m'étais considéré comme un guerrier invincible ; jusqu'au jour où notre planète avait été détruite et que j'avais tout perdu. C'est là que je m'étais rendu compte que je n'étais pas fort. Je faisais semblant de l'être. Cette prise de conscience avait été une petite blessure comparée à la perte de ma kvenn, de ma famille, mais elle avait néanmoins fait mal. Ce n'était pas parce que je pouvais vaincre presque n'importe quel Vikingr au combat que j'étais assez fort pour affronter l'arme la plus redoutable de l'univers : la torture de l'amour.

Je ricanai d'un air sombre. Est-ce que je devenais poète maintenant ? J'échouerais aussi dans ce domaine.

Un mouvement sur l'écran m'incita à me concentrer de nouveau sur la femme aux cheveux argentés. Elle s'était dirigée vers Steff et lui parlait. J'augmentai le volume pour écouter leur conversation.

— ... plus longtemps ?

Steff sourit à Holly.

— Si tu penses être prête, ce n'est pas nécessaire d'attendre. Nous savions depuis le début que le temps d'adaptation serait plus court pour certaines femmes que pour d'autres. Donc, si tu es sûre de vouloir le rencontrer, je peux arranger ça. Ceci dit, étant donné qu'on ne veut pas que des Vikingar se promènent sur le vaisseau pour l'instant – certaines femmes n'en sont pas du tout à ce stade – toi et lui allez devoir vous rencontrer en privé. Si tu le souhaites, il peut y avoir un chaperon, mais il faudra que ce soit un autre Vikingr vu que je dois rester ici avec les autres.

— Et si ça ne marche pas ? demanda Holly à voix basse.

Des rides étaient apparues sur son front et je tendis la main, touchai l'écran pour les faire disparaître.

— Alors tu partiras de la pièce, et lui fera ce qu'il convient de faire en restant sur place. On a dit aux Vikingar qu'ils devaient être patients. Ça fait des siècles que leur civilisation voyage dans les étoiles. Pour nous, tout le concept de vie extraterrestre est nouveau, alors celui d'être amoureusement compatible avec l'un d'eux... Je te le garantis, il respectera tes souhaits. Il avancera à ton rythme.

Essaie juste... de ne pas le toucher. On pense que ça peut intensifier le fýst.

— Le quoi ?

Steff parut surprise.

— Je ne l'ai pas mentionné ? Quelle idiote, je pensais qu'on en avait parlé.

Elle agita les mains vers la pièce, en criant pour attirer l'attention de tout le monde.

— Les filles, je me suis rendu compte que j'ai oublié de mentionner quelque chose de vital. Quand un Vikingr rencontre sa partenaire, il commence à développer un besoin physique de la... posséder. Pendant un certain temps, ça peut rester sous contrôle par la seule force de la volonté, mais après un certain temps, ça peut devenir dangereux pour lui de rester dans cet état. C'est ce qu'on appelle le fýst. Mon propre compagnon, Njal, est entré dans une sorte d'état dissociatif et... Bref, je ne vais pas vous ennuyer avec ça. Sachez simplement que les Vikingar sont beaucoup plus guidés par la biologie que nous. C'est pour ça que le lien des âmes sœurs est sacré pour eux. Ils auront beau essayer de toutes leurs forces, ils sont incapables d'y résister. Une fois qu'ils vous rencontrent en personne, ils tomberont amoureux de vous. Passionnément.

— Mais qu'est-ce qui se passera si on ne veut pas d'eux ? demanda une femme, les yeux écarquillés de terreur.

Je reportai immédiatement mon attention sur Holly pour voir si elle réagissait de la même manière. Non, il n'y avait aucune peur sur son beau visage, rien que la curiosité qui me fascinait depuis le début.

— Alors votre prétendant devra l'accepter. On m'a dit qu'il existait des moyens de gérer le fýst. Ce n'est pas agréable pour les gars, alors réfléchissez-y à deux fois avant de rejeter votre partenaire. Ce sera définitif. Vous ne pourrez pas changer d'avis après.

Je frémis à cette pensée. Après l'état de transe terrifiant de Njal, au cours duquel il avait brandi une hache et failli blesser plusieurs membres de son équipage, Klav avait fait des recherches sur le fýst et sur la façon dont nos guérisseurs géraient les cas particulièrement graves. La réponse nous avait tous choqués (et la plupart d'entre nous avaient empoigné leurs parties génitales en l'entendant) : la castration chimique. À l'époque, ils castraient physiquement un mâle pour le libérer du fýst, mais heureusement, ça n'était plus nécessaire. Néanmoins, c'était un scénario abominable pour tous les Vikingar de sexe masculin.

Je savais qu'en ce moment même, chaque Vikingr à qui on avait trouvé une partenaire pensait la même chose. Nous avions besoin des Péritennes pour que notre espèce survive, mais c'était un grand risque que nous prenions. Si elles nous rejetaient, nous ne pourrions plus jamais être avec une autre femelle. Nous ne pourrions pas engendrer les descendants dont nous avions si cruellement besoin. L'agence Hot Tatties le savait. Elles s'étaient assurées que les femmes qu'elles avaient sélectionnées étaient fiables, consciencieuses et responsables – du moins, c'est ce que nous espérions tous.

Je glissai ma main dans mon pantacourt, caressai avec curiosité la hache nuptiale qui grandissait, puis refermai mes doigts autour de mon sexe. Avec la caméra braquée sur ma promise aux cheveux argentés, je me caressai, en souhaitant autant que je redoutais que ce soit sa main autour de mon sexe.

9

ᛏᚱᛁᚠᛉ

Holly

J'étais connue pour ma tendance à prendre des décisions hâtives. Je me précipitais systématiquement dans l'action sans prendre le temps d'y réfléchir. C'était encore un autre exemple. J'avais été la première à me porter volontaire pour rencontrer mon partenaire. La grande révélation de Steff à propos du fýst avait été un choc, mais ça ne m'avait pas découragée pour autant. Rester assise là deux jours de plus, à me demander sans cesse s'il m'observait, à quoi il ressemblait, s'il était vraiment mon âme sœur, ça aurait été de la torture.

Steff, après m'avoir demandé plusieurs fois si j'étais sûre – et j'avais acquiescé à chaque fois, comme une idiote – avait disparu pour préparer la chambre. Ça me paraissait légèrement inquiétant. Elle avait mentionné qu'avec les Albyens, il y avait d'abord eu des rencontres en public, au cours desquelles tout un groupe de femmes rencontrait leurs prétendants en même temps. Comme ça avait tourné au chaos, l'agence avait jugé préférable que nous ayons un premier rendez-vous en tête à tête.

Je ne savais pas trop si je devais demander un chaperon. De toute évidence, ils ne me mettraient pas dans une pièce seule avec un gars s'ils pensaient qu'il tenterait quelque chose. Steff avait bien précisé que les Vikingar se montreraient patients avec nous. Mais s'ils étaient sous l'influence de ce mystérieux fýst, étaient-ils en pleine possession de leurs moyens ? Et si mon Vikingr finissait par entrer dans un état dissociatif comme le compagnon de Steff ? Je ne me croyais pas capable de pouvoir gérer ça. Je savais gérer les enfants qui s'évanouissent – et font mine de s'évanouir pour sortir de classe plus tôt – ou qui font des crises de colère et de panique, mais ils étaient deux fois plus petits que moi. Si mon partenaire était aussi immense que Njal, je n'aurais aucune chance s'il perdait le contrôle.

— Tu es très courageuse, dit Candice en s'asseyant à côté de moi.

— Ou stupide, marmonnai-je d'un ton sarcastique.

— Non, c'est courageux. Il faudra que tu nous racontes comment ça s'est passé. À quoi il ressemblait. S'il ressemblait à l'extraterrestre de Steff.

— S'il portait une tunique, ajouta une autre femme en gloussant.

— Il n'en portera pas, dit une femme qui s'était présentée sous le nom de Kate, en remuant les sourcils de haut en bas. Je me suis renseignée sur leurs traditions tout à l'heure. Est-ce que vous avez compris que l'écran dans nos chambres est connecté à une version extraterrestre d'Internet ? J'ai trouvé un article sur les Vikingar, et dedans, ça dit qu'ils se promènent torse nu jusqu'à ce qu'ils rencontrent leur partenaire. Ensuite, la femme lui coud une tunique pour marquer son territoire. Donc, à moins que les gars avec qui on nous a maquées n'aient déjà une petite amie cachée, ils seront tous torse nu.

— Si seulement les hommes faisaient ça sur Terre, soupira Shona. Ça permet de voir très facilement qui est célibataire. Imaginez un peu toutes les confusions que ça pourrait nous éviter.

Je ris.

— Oui, mais j'imagine que ce n'est pas très agréable de se balader torse nu sous le climat écossais. Ils attraperaient tous des rhumes, et ça ne serait pas marrant pendant les rencards non plus.

— Un jour, j'ai eu un rencard et...

L'arrivée de Steff interrompit notre joyeuse conversation.

— Holly, ta suite de rencontre a été préparée. Tu peux en partir à tout moment, mais ton Vikingr ne peut s'y téléporter qu'à l'intérieur et à l'extérieur. Si tu veux accélérer les choses, il y a un lit à l'intérieur, donc inutile de l'emmener dans ta cabine...

— Ça ne sera pas nécessaire, m'empressai-je de répondre. Je ne veux pas précipiter les choses à ce point.

Steff m'adressa un grand sourire.

— Je pensais la même chose, jusqu'à ce que je rencontre Njal. S'il ne m'avait pas enlevée, je lui aurais probablement sauté dessus tout de suite. Mais il a dû se faire pardonner un peu d'abord. Enfin bref, suis-moi. Les autres, restez ici jusqu'à mon retour. Si vous pensez être prêtes à rencontrer votre prétendant, deux autres suites ont été préparées. Une fois qu'elles seront occupées, je vais devoir trouver une autre solution. Mais ne vous sentez pas obligées d'aller plus vite que ce que vous dit votre intuition. Chacune rencontrera son Jules à son propre rythme. C'est l'une des règles de

Hot Tatties. Mais je divague. Allons-y. En chemin, on s'arrêtera pour te faire poser un implant traducteur. Ne t'inquiète pas, ça ne fait pas mal.

Ben voyons.

Steff s'arrêta devant une porte et se tourna vers moi.

— Il est déjà à l'intérieur. Il s'appelle Errik et c'est un ami de Njal, donc je lui ai parlé quelques fois. C'est un type bien. Un peu triste, mais je suis sûre que ça va changer maintenant que tu es dans sa vie. Souviens-toi, si tu te sens mal à l'aise, contente-toi de sortir. Il n'y a aucune pression. Est-ce que tu veux que je vienne te voir dans une heure environ ?

Son agitation me rendait nerveuse. C'était une mauvaise idée. Pourquoi avait-il fallu que je sois la première ? Pourquoi avais-je été incapable de patienter comme tout le monde ?

Je touchai l'endroit derrière mon oreille où l'implant avait été inséré. Steff avait raison. Je n'avais rien senti. Mon audition n'avait pas non plus changé, mais selon elle, je serais désormais en mesure de comprendre non seulement les Vikingar, mais aussi des milliers d'autres espèces extraterrestres.

— Ça ira, dis-je en présentant un visage courageux.

— Bien, mais je viendrai peut-être frapper dans deux heures de toute façon, juste pour satisfaire ma propre curiosité.

Elle me lança un sourire joyeux.

— C'est tellement palpitant. J'espère que ton rencard se passera bien. Et... ne fais pas de commentaires sur l'herbe.

— Quoi ?

Elle se contenta de sourire et m'ouvrit la porte, puis me poussa légèrement. Je clignai des yeux, surprise par l'obscurité de la pièce. Lorsque la porte coulissante se referma derrière moi, elle devint encore plus sombre, uniquement éclairée par quelques bougies vacillantes sur une table au centre de la pièce. Ce n'étaient probablement pas de vraies bougies – une flamme nue à bord d'un vaisseau spatial me semblait une très mauvaise idée – mais j'appréciais le geste. Steff nous avait concoté un dîner aux chandelles.

Les deux chaises autour d'une table dressée étaient inoccupées. Au fond de la pièce, sur un lit gigantesque, était assise une forme sombre. Je ne pouvais distinguer que sa silhouette dans l'obscurité, mais c'était suffisant pour comprendre qu'il était aussi immense que Njal.

Il inspira bruyamment.

— Compagne.

Sa voix était grave et profonde, presque un grognement. Un frisson me parcourut le dos et continua sa course jusqu'à mon sexe. Si sa voix, si un seul mot me faisait cet effet...

— Je m'appelle Holly, dis-je, faute de quelque chose de plus profond.

— Je sais.

Il se leva lentement du lit et, oh mon Dieu, il était massif. Il s'avança dans la lueur vacillante des bougies, révélant enfin à quoi il ressemblait. Sa peau était bleu foncé, celui de l'océan, et ses cheveux aussi noirs que la nuit. Il les avait attachés en chignon sur le dessus de sa tête à la façon d'un guerrier samouraï. Sa barbe bien plus courte que celle de Njal tenait plus de la barbe de quelques jours que du buisson sauvage. Ses yeux reflétaient la lumière des bougies, d'un bleu plus clair qui m'évoquait un ciel sans nuages. Sur ses biceps musclés, il avait de beaux tatouages qui ressemblaient à des runes. Je me retins de lui demander ce qu'ils signifiaient. J'aurais le temps de le faire plus tard. Il ne portait qu'un short noir, maintenu par une grosse ceinture à laquelle étaient accrochés deux fourreaux de dagues. Il venait armé à un rendez-vous galant. Ça faisait tellement viking.

Il tendit la main, et je ne pris conscience qu'à cet instant qu'il tenait un bouquet d'herbe. On aurait cru qu'il était passé devant une prairie et avait arraché une poignée ou deux.

Voyant que je ne réagissais pas, il secoua le bouquet, provoquant une pluie d'herbe qui s'abattit sur le sol.

— On m'a dit d'apporter des plantes. C'est un rituel, c'est ça ?

Je dus me mordre la lèvre pour m'empêcher de rire.

— Oui. C'est... euh... très attentionné de ta part.

Errik sourit, révélant des dents étrangement roses dont des incisives plus pointues qu'elles n'auraient dû l'être. Les Vikingar étaient-ils des genres de vampires ? Buvaient-ils du sang ? Voudrait-il me mordre ?

Il secoua une fois de plus le bouquet d'herbe, alors je sortis enfin de ma stupeur surprise et m'avançai vers lui. De près, il était encore plus intimidant. Il n'était pas seulement plus grand ; il était aussi beaucoup plus large que moi. Des muscles fermes ondulaient sur son torse. Je pris l'herbe avec un sourire, en continuant de me faire violence pour ne pas rire aux éclats. Nos différences culturelles se voyaient déjà, et le rendez-vous n'avait même pas encore réellement commencé.

Steff avait pensé à tout et fourni un troisième verre d'eau en guise de vase de fortune. J'arrangeai l'herbe aussi joliment que possible, pendant qu'Errik observait la scène avec une intensité ardente. Je sentais son regard sur moi, parcourant mon corps de haut en bas. J'imaginais que c'était de bonne guerre puisque je l'avais reluqué.

Je portais un chemisier vert émeraude assorti à un pantalon en lin ample. Autour de mon cou se trouvait le collier cœur en argent qui ne me quittait jamais. Brian me l'avait offert pour notre premier anniversaire, et c'était le seul souvenir de lui que je ne m'étais pas résolue à abandonner. Pas même maintenant que je recommençais à fréquenter des hommes.

Errik se tenait toujours derrière une chaise, en continuant de me dévisager avec un air réservé. Pour rompre le silence, je demandai :

— Comment est-ce que tu es arrivé ici ? En navette ?

— Non, je me suis téléporté directement dans cette pièce. Je ne suis pas censé me promener sur le *Valkyr*, donc c'était plus facile. Même si je déteste me téléporter.

— Ça veut dire que tu t'es dématérialisé ailleurs et rematérialisé ici ? Grâce à un faisceau de téléportation ? Quel effet ça fait ? Comment ça marche ?

Un sourire se dessina sur ses lèvres, illuminant tout son visage jusqu'à ses yeux bleu ciel. Il était magnifique quand il souriait.

— Tant de questions. Tu es très curieuse. J'ai remarqué ça quand je t'ai observée hier. Les autres femmes avaient peur, mais toi tu semblais curieuse.

Je lui rendis son sourire.

— Il faut toujours que je mette mon nez partout. J'ai toujours besoin de savoir comment les choses fonctionnent. C'est l'enseignante en moi.

— Tu mets ton nez partout ? Je crois que le traducteur ne fonctionne pas correctement. Quel est le rapport avec ton nez ?

— Ça veut dire que je suis trop curieuse. Trop fouineuse. Est-ce que ça a du sens ?

Il hocha la tête d'un air satisfait.

— Je comprends. Et pour répondre à ta question, oui, c'est bien ce que tu décrivais. Pour moi, c'est comme si mon corps se liquéfiait, se transformait en flaque avant d'être recréé dans sa forme originale. C'est une sensation affreuse. Comme si on me retournait les organes. On m'a dit que la sensation était légèrement différente d'une personne à l'autre, et certains de mes camarades vikingar l'apprécient.

Errik frissonna ostensiblement.

— Pas moi.

— Eh bien, merci de t'être téléporté ici. Je sais que j'étais censée attendre jusqu'à demain au plus tôt, mais j'étais curieuse.

Je ris, consciente d'avoir déjà trop utilisé ce mot.

— Comme d'habitude. J'ai tellement de questions sur toi, les Vikingar, la vie dans l'espace, ce que tu fais dans la vie, s'il y a un lien entre vous et les Vikings humains de notre histoire, si tu mords, si...

— Si je mords ? m'interrompit-il brusquement. Pourquoi ? Tu veux que je te morde ? C'est une tradition péritenne ?

Mes joues s'empourprèrent d'embarras. Ça m'avait échappé ; je n'avais pas l'intention de mentionner ses dents pointues. Pas encore.

— Euh... Non. Je me posais juste la question parce que tes dents sont plus pointues que les miennes. Il y a une légende sur Terre à propos de créatures aux dents pointues qui mordent le cou des humains et boivent leur sang. On appelle ça des vampires. Quand j'ai vu tes dents, j'ai pensé à ça. C'est idiot, désolée.

Errik eut un petit rire amusé.

— On ne boit pas de sang. Parfois, au combat, on s'enduit le visage du sang de nos ennemis, mais je n'ai jamais ressenti l'envie de le boire. Et la plupart du temps, on ne mord pas... ça n'arrive qu'une seule fois dans nos vies.

Mon cœur fit un bond dans ma poitrine.

— Quand ?

— Après le Brullaup. Ah oui, Steff m'a dit comment vous appelez ça sur Péritus. Mariage. Lors de la nuit de noces, quand les partenaires se lient pour le restant de leur vie, ils se marqueront l'un l'autre grâce à une seule morsure. Sans boire de sang.

Son regard parcourut ma bouche, et je résistai à la tentation de lui montrer mes dents émoussées.

Je détournai les yeux avant que mes ovaires m'incitent à faire quelque chose que j'aurais pu regretter plus tard.

— On s'assied ? Steff a fait du bon boulot. On dirait un vrai rendez-vous galant. Les bougies sont si réalistes, on croirait vraiment que c'est du feu.

Je tendis la main pour toucher l'une des flammes artificielles, mais avant que mon doigt ne soit suffisamment proche, une poigne de fer m'enserra le poignet. Je levai les yeux vers Errik, qui me dévisageait avec l'expression la plus intense que j'avais vue chez lui jusqu'à présent. Il tenait ma main si fermement que c'était presque douloureux. Comment avait-il fait pour se déplacer aussi vite ? Ça me semblait impossible qu'il se tienne à côté de moi comme ça.

Il était si proche, son corps presque collé au mien. Je sentais son odeur, le bois de santal et le sel marin. Ce parfum me faisait tourner la tête.

— Qu'est-ce que tu fais ? Tu te serais brûlée !

Sa voix était aussi fracassante que le tonnerre.

— C'est une vraie flamme ? Mais comment c'est possible ? On est dans l'espace. Ce n'est pas trop dangereux ?

Avec un petit son désapprobateur, il me lâcha la main.

— Petite sotte, marmonna-t-il comme s'il se parlait à lui-même.

Dès qu'il recula, je pus à nouveau avoir les idées claires.

— Mangeons un peu, dis-je avant de m'asseoir, en ignorant les bougies vacillantes qui étaient peut-être réelles ou non.

10

ᛏᚱᛁᚠᚨ

Errik

Ma peau fourmillait là où je l'avais touchée.

On nous avait dit d'éviter de nous toucher pour ne pas déclencher le fýst trop tôt. Contrairement à la partenaire de Njal, qui avait dû le calmer en l'embrassant devant tout le monde, je voulais que Holly avance à son propre rythme. Pas parce que j'étais un type bien. Parce que j'avais peur de ce qui se passait.

Dès qu'elle était entrée dans la pièce, ma hache nuptiale s'était embrasée. Seule ma vie de combats et de discipline m'avait empêché de m'agripper l'entrejambe dans un réflexe protecteur. C'était encore douloureux, même si c'était devenu une douleur sourde que je pouvais à peu près ignorer. Ce n'est que lorsque je bougeais que le phénomène s'intensifiait à nouveau. Comme quand j'avais dû empêcher la femelle de se brûler. Et maintenant je l'avais touchée. Avais-je déclenché le fýst ? Ou le processus avait-il commencé quand ma hache nuptiale s'était mise à me faire mal ?

C'était difficile à savoir. Nous étions en terrain inconnu avec ces Péritennes. Elles avaient une apparence vikingoïde avec leurs deux bras, leurs deux jambes, leur démarche verticale et leurs traits de visage, mais ça ne voulait pas dire grand-chose. Un nombre surprenant d'espèces à travers la galaxie étaient vikingoïdes, mais nous n'étions pas compatibles avec la plupart d'entre elles. Les apparences étaient parfois trompeuses.

L'apparence de cette femme m'embrouillait l'esprit. Elle était encore plus renversante en personne. La lueur des flammes artificielles dansait sur ses cheveux argentés, créant une mer d'étoiles scintillantes à la surface de sa tête. Ses yeux étaient magnifiques de près. Ils étaient de la couleur du miel, chaleureux et apaisants, avec de minuscules taches dorées autour de la pupille noire.

Elle était assise en face de moi à présent, les yeux rivés sur son assiette vide.

— On m'a dit de te demander si tu voulais de la nourriture péritenne ou vikingr, me rappelai-je.

Holly me sourit. Une chaleur semblable à celle d'un rayon de soleil brut se répandit en moi, illuminant mon cœur. J'avais envie qu'elle me sourie pour toujours.

— J'aimerais beaucoup goûter d'autres plats vikingar, dit-elle.

Sa voix était si mélodieuse. J'aurais pu fermer les yeux et me contenter de l'écouter.

Était-ce à cause du fýst ? Est-ce que j'étais déjà en train de devenir fou ? On aurait dit que cette femme m'avait complètement envoûté. Tout chez elle était magnifique. Aucun être vivant n'était aussi parfait que ça, si ? Je devais être sous l'emprise du fýst. C'est ça qui altérait ma perception des choses.

Comme dans un rêve, je m'entendis donner l'ordre au *Valkyr*. Des bols fumants de soupe de haensa apparurent devant nous un instant plus tard. Ma préférée.

— Qu'est-ce que c'est ? demanda Holly en inspectant le bol avec curiosité.

— De la soupe de haensa. Les haensas sont des animaux, petits et recouverts d'écailles. Ils sont élevés pour la viande et les œufs. Mais ça doit être de la viande artificielle de haensa, vu que ça fait longtemps qu'on ne s'est pas arrêtés dans une station spatiale pour se réapprovisionner.

— Comment ça marche, votre vaisseau qui cuisine pour vous ?

Son attention était de nouveau braquée sur moi, oubliant la soupe.

Je pointai son bol.

— Mange. Je vais t'expliquer. Njal a dit que les Péritennes avaient besoin d'être nourries régulièrement, donc je dois m'assurer que tu manges.

Holly leva les yeux au ciel, mais essaya une cuillerée de soupe de haensa.

— C'est délicieux. Maintenant, explique.

Je réprimai un rire face à sa curiosité insatiable.

— Le *Valkyr* est approvisionné en grandes quantités de nutriments de base. Ceux-ci sont combinés par le biais d'un processus compliqué pour créer une copie des ingrédients nécessaires aux repas. Il peut fabriquer de la viande artificielle, des légumes, des fruits. Puisque toutes les choses dans l'univers sont constituées des mêmes composants, il peut générer des plats de chaque planète, chaque culture, tant qu'il connaît la formule. Torsten, le Vikingr le plus doué de cet équipage en matière de technique, a commencé à programmer le *Valkyr* pour qu'il intègre des formules de repas péritens. Avant de partir, on demandera à toutes les femmes quels sont leurs plats préférés, pour qu'il puisse s'assurer qu'ils sont inclus dans la base de données.

— Partir, répéta-t-elle en levant les yeux de son bol à moitié vide. C'est ça le plan ? Vous allez partir ?

— Nous, rectifiai-je avec douceur. Si tu décides de venir. Beaucoup de Vikingar célibataires resteront ici jusqu'à ce qu'ils trouvent leur propre compagne, mais le capitaine Njal veut que tous ceux qui ont déjà trouvé la leur le suivent. Il veut trouver une nouvelle planète où s'installer. Une nouvelle Jörð. Steff a suggéré que nous fondions une colonie sur Péritus, mais nous aurions des problèmes avec l'Autorité intergalactique. Nous ne sommes même pas censés être ici. Péritus est sous protection intergalactique, et nous risquons d'être sanctionnés en entrant en contact avec vous toutes.

Holly posa sa cuillère.

— L'Autorité intergalactique. D'autres espèces. De nouvelles planètes. Pardonne-moi, mais tout ce que tu dis soulève tellement plus de questions.

— C'est pour ça que je devrais arrêter de parler de ces choses. On m'a dit que c'était une tradition péritenne chez les couples ?

Je désignai les bougies et les plantes que Holly avait mises dans un verre d'H_2O.

Elle fit un grand sourire.

— Oui, les dîners aux chandelles sont une tradition très romantique. Il n'y a plus beaucoup de gens qui s'y adonnent, mais j'ai toujours trouvé que c'était terriblement romantique. Mon...

Son sourire disparut aussitôt. La chaleur dans mon cœur s'éteignit comme si des nuages s'étaient plantés devant le soleil, occultant toute lumière.

— Qu'est-ce que tu sais de moi ? demanda-t-elle.

— Presque rien. Que t'ont-ils dit sur moi ?

— Absolument rien. Steff m'a juste dit ton nom quand elle m'a amenée ici dans cette pièce.

Je hochai la tête d'un air empreint de sagesse.

— Alors on devrait apprendre à se connaître. J'imagine qu'on est là pour ça. Une première rencontre pour voir si on est vraiment des âmes sœurs.

Je ne lui dis pas que j'en étais convaincu depuis qu'elle était entrée dans la pièce. Je le sentais. C'était bien ma moitié, même si c'était atrocement douloureux de l'admettre. J'étais tombé amoureux de Randi, ma kvenn, mais je n'avais jamais ressenti cette connexion instantanée avec elle.

J'en ressentais une colère étrange. L'univers nous avait refusé ce lien. Maintenant, j'étais lié à une autre, une femme si parfaite que c'en était douloureux. Pourquoi continuait-on de me torturer de la sorte ? La perte de Jörð n'avait-elle pas suffi ?

— Je suis enseignante, dit Holly avec un sourire en coin, ce qui explique toutes les questions inattendues que je n'arrête pas de poser. Je vis à Dumbarton, à vingt minutes de Glasgow, mais je suppose que tu ne connais pas la géographie écossaise ni même terrestre. Voyons voir, je n'ai pas d'enfants, je suis en quelque sorte au chômage après avoir quitté mon travail et je n'ai pas réussi à en trouver un autre, j'aime fabriquer des bijoux en résine pendant mon temps libre et tu devrais probablement savoir que je suis veuve. Mon mari est mort il y a dix-huit mois. Et oui, avant que tu poses la question, je suis prête pour une nouvelle relation. Il m'a dit plusieurs fois quand il était à l'hôpital qu'il fallait que je trouve quelqu'un d'autre après sa mort. Il m'a fallu du temps, jusqu'à maintenant je ne croyais pas que je pouvais passer à autre chose. Et...

Elle serra son collier avant de me regarder dans les yeux.

— Je vais le dire dès le début. Je n'oublierai jamais mon premier mari. Je le mentionnerai parfois, et il a laissé des traces dans ma vie. Elles ne disparaîtront jamais. Les bons souvenirs que j'ai de lui resteront toujours avec moi. Et mon nouveau partenaire doit se montrer compréhensif par rapport à ça.

Son expression de visage était farouche, comme si elle s'attendait à une réaction négative de ma part. Je lui adressai un sourire triste et sortis un morceau de tissu de ma poche ; un morceau de la tunique que j'avais enlevée pour la dernière fois.

— Je vois exactement de quoi tu parles, dis-je à voix basse. Et maintenant je crois savoir pourquoi les dieux nous ont réunis. Il nous est arrivé la même chose atroce. J'ai perdu ma kvenn. Jusqu'à hier, je portais encore la tunique qu'elle m'avait faite. C'est tout ce qu'il en reste. J'ai réussi à enlever la tunique, mais je n'arrive pas encore à me détacher complètement d'elle.

Holly allongea le bras vers moi, posa délicatement sa main sur la mienne. La douleur qui luisait dans ses yeux tachetés d'or faisait écho à la mienne. Nous étions pareils.

— Comment elle s'appelait ? demanda-t-elle.

— Randi, fille de Kvani. C'était une guerrière féroce.

Elle eut un sourire triste.

— Randi et Brian. On ne les oubliera pas, mais ils voudraient qu'on passe à autre chose.

Ou peut-être qu'ils nous attendaient au Valhalla. Mais je ne lui dis pas. Je savais qu'elle avait raison. Je devais surmonter ma culpabilité et recommencer à vivre. C'est ce que Njal essayait de me dire depuis longtemps. Je n'étais tout simplement pas prêt à écouter jusqu'à maintenant.

Je me raclai la gorge.

— Mangeons encore un peu. Et parlons de choses plus joyeuses.

— Tu n'as pas mangé ta soupe.

Je baissai les yeux vers mon bol plein, qui ne dégageait plus de vapeur.

— Tu as raison. J'avais oublié. C'est ta présence qui m'a distrait.

— Espèce de charmeur. Je vais arrêter de te poser des questions pour que tu puisses manger. Et qu'est-ce que tu dirais si je te parlais un peu de ma vie plutôt ?

C'est ce qu'elle fit, et je bus chacun de ses mots, ses paroles qui me nourrissaient bien plus que la soupe de haensa.

11

ᛏᚱᛁᚲᚼ

Holly

Nous parlâmes pendant des heures. Le vaisseau nous apporta sans cesse davantage de nourriture, et une fois que nous fûmes rassasiés, des boissons commencèrent à apparaître, la plupart alcoolisées. Quand j'eus avalé mon troisième cocktail vert fluo – il avait un goût de bananes et de myrtilles, en dépit de sa couleur – j'étais un peu pompette, je riais bêtement et je ne voulais plus jamais quitter cette pièce.

Un coup à la porte interrompit Errik qui me racontait comment il avait attaqué à lui seul un vaisseau-cargo. La plupart de ses récits étaient peuplés de violence et de fanfaronnades, mais je les trouvais divertissants et étonnamment adorables.

— Entrez ! m'écriai-je, pas surprise de voir Steff passer la tête à l'intérieur.

— Salut, les tourtereaux. Comment ça se passe ?

J'échangeai un regard avec Errik. Ça se passait incroyablement bien. Mieux que n'importe quel rencard que j'avais eu. La technologie de compatibilité amoureuse de l'agence s'était révélée redoutablement efficace. Errik et moi étions parfaits l'un pour l'autre. Ça ne voulait pas dire que nous étions les mêmes personnes, pas le moins du monde. Je n'avais aucun intérêt pour la guerre et les batailles, tout comme lui appréciait ma curiosité insatiable et mon envie d'apprendre, sans pour autant partager le même désir de tout savoir. Ses passe-temps étaient de faire du sport, de s'entraîner et d'étudier les batailles passées, tandis que j'aimais être créative ou aller nager longtemps dans la mer. Sur le papier nous n'avions rien en commun, et pourtant, je sentais une âme sœur en lui. Ce n'était pas seulement l'expérience partagée de la perte qui nous liait. C'était bien plus que ça.

— Très bien, me contentai-je de répondre.

Le sourire complice de Steff m'indiquait qu'elle avait déjà compris. Après tout, elle avait son propre compagnon vikingr. Elle devait savoir ce que ça faisait.

— Errik, Njal dit qu'on a besoin de toi sur Terre. Vous avez encore dix minutes pour conclure, puis je crains que votre premier rendez-vous soit terminé. Vous pourrez vous revoir demain – si vous le voulez, bien sûr.

— Je le veux, dis-je en même temps qu'Errik.

Je lui souris avec adoration tandis qu'il me découvrait ses dents roses. Ouais, nous étions parfaits l'un pour l'autre.

— Holly, viens me voir quand tu auras fini, dit Steff en sortant. Ne parle pas aux autres femmes pour le moment. J'aimerais qu'on discute d'abord.

Je hochai la tête, mais la porte s'était déjà refermée derrière elle.

— Dix minutes, songea Errik. Combien de temps ça fait en temporalité vikingr ?

Probablement à cause de l'alcool, je lâchai :

— Assez longtemps pour un baiser.

Le sourire d'Errik devint carnassier. Il fut debout en un instant, puis se dressa au-dessus de moi. Encore une fois, il avait bougé plus vite que mon esprit ne pouvait le comprendre. Steff n'avait rien dit de leur vitesse surhumaine, mais ça ne voulait pas dire que ce n'était pas réel.

Lentement, avec un léger vertige que j'attribuais aux cocktails, je me levai. Je lui arrivais à la clavicule – sa clavicule bleue, soyeuse, recouverte de muscles. Cerains de mes ovaires s'évanouirent à cette vue. Ses yeux reflétaient la lumière des bougies, scintillant comme des étoiles dans la nuit. Il ne souriait plus. Son visage était sérieux, intense, affamé. Il me dévora du regard, parcourut chaque centimètre de mon corps jusqu'à ce que je n'en puisse plus.

— Est-ce que tu sens ça ? murmurai-je d'une voix rauque.

Il ne répondit pas. Au lieu de quoi, il prit mes joues entre ses énormes mains calleuses, puis ses lèvres rencontrèrent les miennes. Les premiers instants furent doux, tendres et étrangement normaux. Un baiser qu'un humain ferait. Mais il passa alors un bras autour de ma taille, me plaqua fermement contre son corps ferme, et le baiser devint sauvage. Toute douceur avait disparu lorsqu'il s'empara de ma bouche. C'était plus à ça que je m'attendais. Et j'adorais ça.

Il avait le goût de la mer, iodé et sauvage, et son odeur de bois de santal m'emplissait les narines. Sa barbe frottait contre mes joues, mais ses poils étaient plus doux qu'en apparence et ne m'irritaient pas.

Je me perdis dans le baiser, laissai sa langue exigeante me ravager. Mon corps en redemandait furieusement. Mes seins étaient tendus et lourds, mon sexe palpitait de désir. Je sentais son érection entre nous, un membre dur qui invitait à la tentation. Pendant un moment, je me demandai à quoi il ressemblait, mais une douleur vive et délicieuse sur ma lèvre inférieure attira mon attention. Ses dents de vampire m'avaient sans doute égratignée. Inconscient qu'il l'avait fait, il continua, et je ne vis pas la nécessité de le lui dire. Au contraire, j'avais envie de ressentir cette douleur à nouveau. Je voulais qu'il me morde. Ils le faisaient pendant leur nuit de noces, mais peut-être pourrait-il me donner un petit avant-goût ?

Je ne me reconnaissais pas. Ce n'était pas la Holly conventionnelle de d'habitude. C'était la diablesse assoupie au plus profond de moi, qui n'émergeait que maintenant qu'elle avait trouvé sa moitié. Guidée par l'envie de sentir d'autres parties de lui, je passai mes mains sur son dos, étonnée de voir que même à cet endroit, se trouvaient d'épaisses couches de muscles. C'était une bête, un guerrier, et il était à moi.

Un coup à la porte nous incita à nous figer un instant, puis nous continuâmes et notre baiser se fit plus désespéré. Le temps nous échappait. Et je ne voulais plus jamais lâcher Errik. Je m'accrochai à lui, respirai son parfum enivrant, sentant son érection contre mon corps. J'en voulais plus, j'avais besoin de plus. Dix minutes, c'était comme une goutte d'eau pour quelqu'un qui mourait de soif. J'étais incapable de m'arrêter. Je ne voulais pas m'arrêter. Et Errik semblait ressentir la même chose. Sa langue pillait ma bouche, ses lèvres fermes contre les miennes ne relâchaient la pression que de temps en temps pour respirer. Une main se promenait sur mon dos, tandis que l'autre était enchevêtrée dans mes cheveux, m'immobilisant la tête comme s'il avait peur que je m'éloigne de lui. Comme si c'était possible. Rien n'aurait pu me persuader de partir. Rien.

La porte coulissante s'ouvrit derrière nous, mais nous l'ignorâmes. Nous n'écoutions pas lorsque Steff cria quelque chose. Le monde autour de nous n'avait aucune importance.

On m'éloigna d'Errik. Je me débattis contre la prise autour de ma taille, mais une autre paire de mains se referma sur mes bras et me tira en arrière. La réalité réapparut lentement, m'arrachant à mon état de béatitude. Il me fallut un moment pour comprendre ce que je voyais. Trois guerriers vikingar retenaient Errik et le plaquaient contre un mur.

— Qu'est-ce que vous lui faites ?! m'écriai-je en me tournant pour faire face à mes propres agresseurs.

Steff et Njal se tenaient côte à côte, le visage grave.

— Lâche ma compagne, rugit Errik, dont la fureur imprégnait les mots.

Njal leva les mains.

— Je ne la touche pas. Je suis désolé, mais on a une urgence. On a besoin de vous deux.

Errik ne fit que montrer les dents, sifflant et luttant contre les poignes de fer. Aussi fort soit-il, il ne faisait pas le poids face à trois guerriers de taille et de force équivalentes.

— Calme-toi, Errik, ordonna Steff.

J'étais surprise de constater à quel point elle parlait comme son compagnon, le capitaine.

— Personne ne va blesser Holly ou te l'enlever. En fait, on a besoin que vous veniez tous les deux au centre de commandement. Tout de suite.

— Qu'est-ce qui se passe ? demandai-je, essayant d'imiter son ton calme même si je tremblais tant j'avais besoin de retourner dans les bras d'Errik.

— Je te le dirai quand ton compagnon arrêtera de se débattre.

Elle leva les yeux au ciel.

— Tu ne les trouves pas craquants quand ils passent en mode Hulk ? Avec toute leur brutalité pleine de testostérone.

Je ne pus réprimer un petit rire. Elle avait raison. C'était craquant – et érotique. De voir Errik se battre contre ses propres amis juste pour ne pas être séparé de moi... c'était touchant. Sexy.

— Si je vous laisse vous tenir la main, est-ce que ça vous empêchera de dramatiser ? demanda Njal en poussant un soupir las. Mais pas de baiser. Vous devez vous concentrer. On a besoin que vous soyez tous les deux en alerte.

J'échangeai un regard avec Errik. Ses yeux étaient sauvages lorsqu'il m'inspecta de haut en bas, comme pour s'assurer qu'on ne m'avait pas blessée. De toute évidence, il n'avait pas les idées claires. Était-ce à cause du fýst ?

Je fis un pas vers lui. Steff posa une main sur mon épaule, mais je la regardai et elle comprit que j'étais en pleine possession de mes moyens. Elle me lâcha. Je posai mes mains sur la poitrine d'Errik, en levant vers lui ce que j'espérais être un visage rassurant et apaisant.

— Tout va bien. Tu peux arrêter de te battre contre eux.

Il montra ses dents roses aux trois guerriers une dernière fois, puis cessa de se débattre. Ils continuaient de le tenir fermement, juste au cas où, et je ne pouvais même pas leur en vouloir. L'un d'eux avait une entaille sanguinolente sur la joue, l'autre un bleu sombre sur la tempe. Contrairement à eux qui avaient essayé de maîtriser Errik sans lui faire de mal, mon âme sœur n'avait pas eu les mêmes scrupules.

Mon âme sœur.

C'était bien lui, n'est-ce pas ?

— Elle est à moi, grogna Errik comme s'il avait lu dans mes pensées. Ne touchez plus jamais à ma compagne.

C'est à ce moment que des feux d'artifice auraient retenti au loin, que la neige se serait mise à tomber de la manière la plus romantique qui soit et que tout le monde aurait applaudi – si nous avions été dans un film romantique à l'eau de rose.

Je lui souris, à mon Vikingr, et savourai le mot pour la première fois.

— Compagnon.

Il se figea, pris au dépourvu, puis son expression de visage passa de la fureur à l'adoration innocente.

— Compagne, murmura-t-il d'une voix rauque.

— Tu ne peux pas embrasser la mariée, dit Steff d'un ton sarcastique derrière moi. Concentrez-vous, tous les deux.

— Téléportation vers le centre de commandement dans trois... commença Njal, mais sa partenaire l'interrompit.

— Seulement vous, les gars. Holly et moi, on va marcher. J'ai horreur de me téléporter.

Elle me prit par le bras et m'éloigna d'Errik. En lui lançant un dernier regard mélancolique, je me laissai faire. Nous sortîmes aussitôt de la pièce avant que j'aie le temps de changer d'avis.

— Je suis vraiment désolée d'avoir perturbé votre premier rendez-vous comme ça, dit-elle alors que nous nous précipitions dans le couloir. Je ne l'aurais pas fait si ce n'était pas une urgence.

— Qu'est-ce qu'il se passe ?

— C'est l'Autorité intergalactique. Ils nous ont trouvés et ils ne sont pas contents. Njal craint qu'ils nous tirent dessus avant de poser des questions. Les Vikingar et l'AIG n'ont jamais été en très bons termes, et la Terre est une planète protégée. Njal a pris un gros risque en restant en orbite aussi longtemps, et c'est en partie de ma faute. Je l'ai persuadé que vous, les filles, aviez besoin de temps pour vous acclimater. Mais maintenant, la plupart de son équipage est sur Terre, et même s'ils étaient ici, il serait trop tard pour fuir.

Ses paroles me firent l'effet d'une douche froide. Le rêve se dissipa instantanément.

— Pourquoi est-ce que vous avez besoin de nous ? demandai-je.

— Ils ne nous ont pas crus quand on leur a dit que les Vikingar ne vous avaient pas toutes enlevées de force. Donc on va leur montrer que non seulement toi et moi sommes ici de notre plein gré, mais qu'en plus on a trouvé nos âmes sœurs. C'est notre seule chance. Si ça ne fonctionne pas, ils attaqueront le *Valkyr*.

12

᛭ᚱᛁᚲᚨ

Errik

Ma hache nuptiale était en feu. J'avais envie d'arracher mon pantacourt pour qu'elle cesse de frotter contre le tissu rugueux, mais Njal m'aurait décapité si j'avais montré mon sexe à sa compagne en public. Ou en privé d'ailleurs. Maintenant que j'avais ma propre compagne, je comprenais pourquoi il était si protecteur vis-à-vis d'elle. L'idée que quelqu'un touche Holly me faisait bouillonner de colère. Rien que de l'imaginer voir le sexe d'un autre homme, je serrais les poings pour m'empêcher de frapper quelque chose. Je voulais qu'elle soit à nouveau dans mes bras. J'avais besoin de la toucher pour savoir qu'elle était proche, qu'elle était à moi, que ce n'était pas qu'un rêve cruel.

La téléportation n'avait fait qu'aggraver la douleur. Je scrutai le centre de commandement à la recherche de ma compagne, mais elle n'était pas là.

— Où est-elle ? aboyai-je à l'encontre de Njal. Où est ma compagne ?

Il consulta l'un des écrans.

— Calme-toi. Elles seront bientôt là. Il faut que tu te concentres. Si tu fais une scène comme celle de tout à l'heure, l'Autorité intergalactique ne croira pas que nous venons en paix. On ne fait pas le poids face à leurs armes. Ce n'est pas seulement un vaisseau éclaireur de l'AIG. Ils se sont bien préparés.

Il montra l'écran principal. Un frisson me parcourut l'échine lorsque je compris que nous étions encerclés. Six vaisseaux, quatre autour de nous, un au-dessus, un en dessous. Des lumières orange illuminaient le centre de commandement, nous indiquant que nous étions en état d'alerte maximale.

Seul un équipage réduit occupait le centre de commandement, étant donné que la plupart des Vikingar étaient encore sur Péritus. Njal m'avait exposé la situation, même si l'absence de Holly ne m'aidait pas du tout à me concentrer.

— Est-ce qu'ils bloquent notre faisceau de téléportation ? lui demandai-je.

— Oui. On est en infériorité numérique, moins armés qu'eux, et on ne peut pas obtenir de renforts de la planète. Notre seule chance est de les convaincre que nous ne sommes pas ici pour faire du mal à qui que ce soit. Une lourde amende pour avoir enfreint les règles de protection, c'est le meilleur scénario pour le moment.

— Est-ce qu'ils savent que nous avons des Péritennes à bord ?

Njal ricana.

— Bien sûr. Ils ne semblent pas se soucier que s'ils nous tirent dessus, les femmes pourraient être blessées elles aussi. Heureusement, ils ont reconnu le nom de Steff. On leur a dit de contacter l'agence Hot Tatties sur Péritus pour que Pam confirme notre histoire. On attend leur réponse maintenant.

Les portes coulissantes du centre de commandement s'ouvrirent dans un sifflement, et ma compagne apparut suivie de Steff. Les deux femmes étaient essoufflées, et à en juger par le visage grave de Holly, c'était évident qu'elle savait ce qui se passait.

Holly se précipita vers moi. J'ouvris les bras, la laissai venir dans mon étreinte avant de la serrer contre mon torse. Voilà qui était mieux. J'enfouis mon visage dans ses doux cheveux argentés. La douleur au niveau de ma hache nuptiale diminua quelque peu, même si je savais que ce répit n'était que temporaire. Elle continuerait de me faire souffrir jusqu'à ce que je puisse posséder ma compagne.

— Asseyez-vous tous, nous ordonna Njal. Diffuse le message suivant dans tout le vaisseau. Ici Njal, votre capitaine. Nous prévoyons quelques turbulences. Merci de vous installer sur l'un des sièges illuminés et de vous attacher. Il n'y a rien à craindre. Je ne veux simplement pas que l'une de vous trébuche si le vaisseau fait un mouvement brusque.

— Bien joué, murmura Steff à son compagnon. Je vais jeter un œil sur les femmes dans un instant, une fois qu'on aura parlé à l'AIG.

Je m'assis sur la chaise la plus proche et j'installai Holly sur mes genoux. Les sangles se fermèrent automatiquement sur nous, la plaquant fermement contre mon entrejambe. Mon sexe se mit au garde-à-vous, dur et prêt, tandis que ma hache nuptiale provoquait une nouvelle vague de douleur. Peut-être que ce n'était pas une si bonne idée que ça.

— Ils nous appellent, dit Rune depuis la console de communication.

Ce n'était pas son poste habituel quand il était en service au centre de commandement, mais nous étions tous formés pour prendre n'importe quel rôle en cas d'urgence.

Njal attendit que Steff soit installée sur ses genoux avant d'accepter l'appel. Une Bervenne apparut à l'écran, avec des cornes violettes particulièrement longues ; un signe d'intelligence élevée, si je me souvenais bien. Les Bervens étaient physiquement incapables de mentir, ce qui faisait d'eux des diplomates et des magistrats prisés.

— Capitaine du *Valkyr*, commença-t-elle d'une voix étonnamment grave. Après nous être entretenus avec Pamela Chester de l'agence Hot Tatties sur Péritus, nous avons décidé de vous inviter à bord de notre vaisseau pour poursuivre les discussions. Vous pouvez amener des membres du personnel ou des témoins qui peuvent vous permettre d'exposer votre cas plus en détail. Sachez que si nous vous déclarons coupables, vous ne retournerez pas sur votre vaisseau. Une navette de transport arrivera dans dix clics IG. Si vous ne montez pas à bord de cette navette, nous partirons du principe que vous êtes coupables et déploierons toute la force de l'Autorité intergalactique.

La communication prit fin avant que Njal ait eu le temps de répondre.

— Eh ben ! Sacrée rigolote, celle-ci, marmonna Steff. Je parie qu'elle met l'ambiance aux soirées.

Njal ne sourit pas à la plaisanterie de sa compagne. Il gardait les yeux perdus dans le vide, absorbé dans ses pensées. Tous les autres attendaient sa décision en silence. Sentir les fesses de Holly plaquées contre mon sexe et ma hache nuptiale devenait une forme de torture. Si nous avions été seuls, j'aurais déjà abaissé son long pantalon, libéré mon sexe et je l'aurais revendiquée. Elle aurait été en train de me chevaucher plutôt que d'être simplement assise sur mes genoux.

Enfin, Njal se racla la gorge.

— Errik, Holly, Rune et moi, on va monter dans la navette. Holly et Errik pourront leur montrer qu'ils sont ensemble, tandis que Holly pourra les rassurer en leur disant qu'elle est venue sur le *Valkyr* de son plein gré. Rune, si les choses ne se passent pas comme prévu, fais tout ce que tu peux pour les protéger. Chaque couple est précieux, aujourd'hui plus que jamais.

— Et moi ? l'interrompit Steff. Je peux leur en dire bien plus que Holly.

— Je refuse de te mettre en danger, rétorqua Njal avec une sévérité surprenante. Pas maintenant.

— Pas maintenant ? Si tu penses que c'est trop dangereux, alors Holly ne peut pas y aller non plus. Comme tu l'as dit, chaque couple est précieux.

— Ne me répète pas mes propres mots. J'ai mes raisons. Tu ne peux pas y aller. Klav, Sten, protégez ma compagne quoi qu'il arrive. Si je reviens et qu'elle a été blessée, je vous tiendrai personnellement pour responsables.

Les deux hommes saluèrent notre capitaine, pendant que sa compagne le fusillait du regard.

— Je viens avec vous, déclara Steff d'une voix forte. Tu ne peux pas m'en empêcher.

— Je peux.

Njal se leva en agrippant ses bras, et les plia derrière son dos.

— Et au besoin, je t'attacherai et donnerai ta laisse à mon équipage.

Steff le fixa d'un air stupéfait.

— Qu'est-ce qui cloche chez toi ?

— Tout va bien chez moi ! rugit-il.

J'échangeai un regard avec les autres Vikingar. C'était un comportement inhabituel pour notre capitaine. Était-il souffrant ? Était-ce un effet différé du fýst ?

Il lâcha les bras de sa compagne puis posa délicatement les mains sur son ventre.

— Oooooooh, murmura Holly à voix basse.

Je n'eus pas la même révélation que ma compagne. J'étais toujours perdu.

Jusqu'à ce que...

— Tu es enceinte, lâcha Njal.

Faisant abstraction de nous tous, il enlaça sa compagne et la berça dans ses bras. Instinctivement, je resserrai mon étreinte sur ma propre compagne.

— Je crois qu'ils ont besoin qu'on leur laisse un moment, me marmonna Holly. Est-ce qu'on ne ferait pas mieux de se rendre là où la navette doit passer nous prendre ?

Au lieu de répondre, je me levai, sans pour autant lâcher ma compagne. Je la soulevai contre ma poitrine pour la porter dans mes bras. J'ignorai les ricanements de mes camarades vikingar. J'ignorai aussi les protestations de Holly. Une fois à mi-chemin vers l'aire de lancement des navettes, elle se calma et enfouit son visage dans ma poitrine. Je lui souris. Elle fit un drôle de bruit désapprobateur, mais me rendit ensuite mon sourire.

— C'est exceptionnel, gloussa-t-elle. Je refuse que tu me portes comme un homme des cavernes. La seule exception, ce sera après notre mariage. Tu pourras me porter pour passer le seuil de l'entrée. Euh, attends, est-ce que je viens vraiment de te demander en mariage ? Oublie tout ce que je viens de dire.

— Certainement pas, m'exclamai-je. Il y aura bien un Brullaup-mariage. Si tu veux de moi, bien sûr.

— On pourrait croire que tout ça va très vite, mais oui, absolument. On vient juste de se rencontrer. Est-ce que c'est normal pour les Vikingar d'avoir un seul rendez-vous et de se marier ensuite ?

Je ris de ce bredouillage incohérent. Elle était craquante quand elle s'embrouillait.

— Quand un Vikingr rencontre sa moitié, il la prendra sans passer par l'étape du rendez-vous, lui expliquai-je.

Mon sexe se remit à durcir à cette pensée.

— Les Brullaups sont pour plus tard, juste pour officialiser les choses. Le rendez-vous, c'était l'idée de l'agence, pour vous aider à vous sentir à l'aise.

— Et comment on fait pour apprendre à se connaître ? C'est à ça que servent les rencards. Pour savoir si l'autre personne nous convient.

À nouveau, j'eus un petit rire. Il me semblait que je riais beaucoup en présence de Holly. Ça me plaisait. Je ne m'étais pas rendu compte à quel point ça m'avait manqué de rire pour des petites choses triviales.

— L'autre personne te conviendra forcément si c'est ta moitié, expliquai-je. On fait confiance au lien des âmes soeurs. Et puis... ce n'est pas facile de résister au désir de s'accoupler. Le fýst est fort chez les Vikingar, pour les hommes comme pour les femmes. On dirait bien que vous, les Péritens, vous n'avez pas le même désir physique impérieux, mais pour nous, c'est presque impossible de lutter très longtemps.

— Est-ce que tu es en train de lutter en ce moment même ? demanda-t-elle à voix basse.

J'avais envie de lui montrer ma hache nuptiale douloureuse, mon sexe constamment dur, mais je me contentai de hocher la tête.

— Est-ce que c'est difficile ?

— Oui, admis-je. Si je le pouvais, je te poserais par terre, je te retournerais et je te prendrais contre le mur ici même.

Je baissai les yeux pour observer sa réaction. Ses joues roses s'assombrirent et ses lèvres s'entrouvrirent légèrement. J'avais tellement envie de l'embrasser.

— J'aimerais presque que tu le fasses, murmura-t-elle, mais elle secoua ensuite la tête. Mais on ne peut pas. On a une mission à accomplir.

Malheureusement, elle avait raison. Alors j'accélérai le pas et me précipitai vers l'aire de lancements des navettes, en regrettant pendant tout le trajet de ne pouvoir transformer mes désirs en réalité et la baiser comme j'en avais besoin.

13

Holly

Un élégant véhicule ovoïde était garé dans le même hangar gigantesque où nous étions arrivées la nuit dernière. Est-ce que ça ne faisait vraiment qu'un jour ? J'avais l'impression de connaître Errik depuis des mois, voire des années. Je ne doutais pas que nous étions des âmes sœurs. Je me sentais à ma place dans ses bras. Je ne voulais plus jamais être ailleurs. Il m'ancrerait, comblerait un vide en moi dont je n'avais pas conscience auparavant. Et pour la première fois depuis que j'avais perdu Brian, j'étais de nouveau amoureuse. Je n'étais pas une jeune fille incapable d'identifier les papillons dans mon ventre, les battements effrénés de mon cœur. J'avais aimé par le passé. Je savais exactement ce que ça faisait. Et aujourd'hui, ça recommençait. J'étais amoureuse d'Errik. Comment était-ce possible ? Tout se passait si vite. Avec Brian, nous nous étions vus un nombre incalculable de fois avant que l'un de nous n'avoue ses sentiments.

Ou peut-être s'étaient-ils simplement développés très lentement. Nous étions en couple depuis plus d'un an quand nous avions emménagé ensemble. Une autre année s'était écoulée avant notre mariage. Ce rythme avait été parfait pour ma vie avec Brian.

Mais Errik était différent.

J'étais différente.

J'étais plus âgée, plus expérimentée. Je savais ce que je voulais. *Qui* je voulais. Le lien des âmes sœurs aidait, mais il me semblait que ce n'était pas la seule chose qui m'aidait à tomber amoureuse si vite. Errik et moi étions deux vagabonds, nous avions aimé puis perdu l'être aimé, et nous avions souffert. Nous avions pris le temps de nous reconstruire et nous étions enfin prêts à commencer une nouvelle vie à présent. Ensemble. Toutes les choses qui s'étaient produites n'avaient fait que nous rendre plus forts. Nous mettre sur cette voie qui avait mené à cet instant précis.

— Tout ira bien, dis-je sans réfléchir.

Ça ne pouvait pas se passer autrement. L'univers n'aurait jamais permis qu'on se rencontre s'il avait eu l'intention de nous séparer à nouveau. Je ne pouvais pas y croire. Ce serait tellement injuste.

Sur cet élan de confiance, je me dégageai délicatement des bras d'Errik et me remis sur mes deux pieds. Il me prit la main, comme si c'était impossible pour lui de ne pas me toucher. Je la serrai, émerveillée par les callosités de ses paumes.

— Déposez vos armes, dit une voix masculine en provenance de la navette.

Le vaisseau spatial à l'aspect très extraterrestre n'avait ni portes ni fenêtres apparentes. Ce n'était qu'un corps métallique argenté en forme d'œuf, lisse et brillant, qui flottait à soixante centimètres du sol du hangar.

Errik sortit les deux couteaux des fourreaux à sa ceinture et les posa soigneusement sur le sol. Il manipulait ces lames avec tant de soin que je pris note mentalement de lui demander plus tard ce qu'elles représentaient à ses yeux. Il y était clairement attaché.

Des pas retentirent derrière nous. Njal arriva en courant, suivi du grand Vikingr qu'il avait appelé Rune. Steff n'était pas là ; son compagnon avait dû la convaincre que la grossesse était une raison suffisante pour rester à l'écart. Peu importait où se trouvait Steff si l'AIG décidait d'attaquer. Steff avait laissé entendre que nous n'avions aucune chance contre leurs vaisseaux.

Rune s'arrêta à côté de moi, en me lançant un regard étrange. Aussi hirsute que celle du capitaine, la barbe du guerrier abritait probablement divers animaux. Il n'était pas aussi grand que Njal et Errik, mais c'était de loin le plus massif des trois. Il était intimidant, effrayant et féroce, une vraie montagne.

Errik passa son bras autour de moi et me rapprocha de lui. Je le laissai faire, reconnaissante de pouvoir le toucher à nouveau. Même si je n'étais pas affectée par notre lien aussi intensément que lui – oui, j'avais remarqué l'érection qu'il avait arborée tout l'après-midi – je ressentais tout de même le besoin pressant d'être près de lui. J'avais beau ne pas être devenue un peu folle et n'avoir pas attaqué mes amis comme il l'avait fait, j'étais plus excitée que jamais. Je pris conscience que je serrais les cuisses, essayant de faire quelque chose pour calmer l'envie d'enfourcher mon compagnon, de le chevaucher jusqu'à obtenir la douce libération que mon corps désirait. J'aurais aimé changer de culotte avant d'embarquer sur le vaisseau alien, mais je n'avais pas le temps pour ça.

Hé, s'ils voulaient une preuve qu'il y avait un lien entre Errik et moi, je pouvais tout simplement leur donner ma culotte trempée.

— Vous aussi. Enlevez vos armes.

La voix résonna dans l'immense pièce. Il y avait une navette plus petite à notre droite, une version miniature de celle dans laquelle nous étions arrivées. Cette navette était probablement sur Terre avec Pam ou les autres Vikingar.

Une fois que Njal et Rune eurent déposé leurs armes – une hache de guerre chacun, plusieurs couteaux cachés, ainsi qu'une hache plus petite dans le cas de Rune – une ouverture ronde apparut sur le côté allongé de l'ovoïde. Une silhouette se tenait dans l'encadrement de la porte, difficile à discerner devant la lumière aveuglante. À première vue, la silhouette me fit penser à un loup-garou. Tout le corps de la créature était recouvert d'une fourrure hirsute, et deux grandes oreilles émergeaient d'une crinière tout aussi sauvage. Une grande queue remuait de droite à gauche, garnie de la même fourrure épaisse qui recouvrait l'alien.

— C'est un Mondien, murmura Errik. Ne crie pas en leur présence. Leur ouïe est extrêmement sensible. Et ne les laisse pas te mordre. On dit que leurs crocs sont venimeux.

Génial. Un loup-garou venimeux et hypersensible.

— Vous pouvez approcher, dit l'alien.

C'était la même voix que nous avions entendue auparavant. C'était celle d'un mâle a priori, mais je savais qu'il valait mieux ne pas faire d'hypothèses. À ce stade, j'étais prête à tout.

Errik ne me lâcha pas. Au contraire, il me rapprocha encore de lui. Je parie qu'il était tenté de me soulever à nouveau. Autant j'avais aimé qu'il me porte dans ses bras puissants – après l'indispensable protestation, simplement parce que ça m'avait semblé être la bonne chose à faire – autant je voulais faire face à ces nouveaux extraterrestres.

Le Mondien disparut à l'intérieur de la navette. Njal fut le premier à suivre, le corps tendu, prêt au combat même sans ses armes. Il dut pencher légèrement la tête pour passer par l'ouverture. En hochant la tête vers mon compagnon, Rune entra à son tour, puis Errik desserra enfin son étreinte sur mes épaules. Même s'il ne semblait pas moins tendu.

— Tout ira bien, murmurai-je sans y croire tout à fait moi-même.

— Les Vikingar ne mentent pas, se contenta-t-il de répondre.

Comme j'étais sa compagne, il s'attendait probablement à ce que j'obéisse à la même règle, mais j'avais besoin de ce petit mensonge.

Je passai par l'ouverture, puis par un autre cadre de porte ovale, avant d'émerger dans un espace intensément éclairé qui me rappelait la salle d'attente de mon médecin. Tout était blanc, clinique et sans âme. Il y régnait également un froid glacial. Peut-être que le Mondien, avec toute cette fourrure, préférait les environnements froids. Je frémis, regrettant amèrement de ne pas porter de veste.

Les deux guerriers vikingar étaient déjà assis sur les bancs qui longeaient les murs, le dos raide, le visage alerte et empreint de méfiance. Le Mondien avait disparu. Peut-être était-il parti dans le cockpit pour piloter la navette ? J'étais surprise qu'il n'y ait pas de gardes, mais je supposai qu'il n'y en avait pas besoin. Le *Valkyr* était encerclé. C'était notre seule chance de redresser la situation.

Errik s'assit à côté de son capitaine et tapota ses propres cuisses. Je m'assis ostensiblement à côté de lui. Il devait comprendre que je n'étais pas le genre de femme qui s'assiérait sur ses genoux et le flatterait docilement. Mais lorsque nos cuisses se touchèrent, une sensation agréable me parcourut la peau, couronnée par un feu d'artifice dans mon bas-ventre qui me fit regretter de ne pas avoir accepté son invitation.

La navette décolla en tremblant légèrement. Aucune fenêtre ne nous permettait de voir notre progression, mais cette vibration subtile laissait entendre que nous étions en mouvement.

Contrairement à la navette qui nous avait amenées sur le *Valkyr*, il n'y avait pas de ceintures de sécurité magiques – ni aucune ceinture de sécurité d'ailleurs. Nous étions déjà dans l'espace, donc peut-être qu'il n'y en avait pas besoin, mais je soupçonnais que c'était un message intentionnel de l'AIG. Notre sécurité n'était pas importante. Ils voulaient punir les Vikingar d'avoir enfreint les règles. Mais qu'en était-il de nous, les femmes ? Nous voyaient-ils comme des complices ou des victimes ?

Je le découvris dès notre arrivée. La porte par laquelle nous étions entrés s'ouvrit, et une horde d'extraterrestres fit irruption dans la pièce, armes dégainées et braquées sur les Vikingar. Je ne pouvais que m'asseoir et regarder. Le Mondien avait une apparence très humaine comparée à celle de certains extraterrestres. L'un d'eux était un robot, ou un cyborg, et ressemblait à une armure médiévale dotée de quatre bras et d'une tête carrée. Un autre ressemblait à un cône poilu sans aucun membre visible. Mais le plus étrange d'entre eux, c'était cette masse gélatineuse qui flottait à près d'un mètre du sol, pulsant de toutes les couleurs de l'arc-en-ciel. Une arme qui avait vaguement la forme d'un pistolet flottait devant elle, pointée vers Njal.

Tout se passa très vite. On ordonna aux Vikingar de se lever et ils se retrouvèrent aussitôt encerclés, y compris mon Errik. On l'arracha de son siège avant qu'il ait le temps de dire quoi que ce soit.

— Ne leur résiste pas, lui dis-je, mais mes paroles se perdirent dans le vacarme qui régnait autour de nous.

Les extraterrestres m'ignorèrent jusqu'à ce que les Vikingar soient rassemblés devant la porte, et ce n'est qu'à ce moment-là que le Mondien s'approcha de moi.

— Suis-moi, femme.

— Je m'appelle Holly, répondis-je aussi fermement que possible.

Je frissonnai légèrement sous le coup du froid et de la peur.

— Suis-moi, Holly, dit le Mondien, dont le visage poilu était inexpressif. Mes supérieurs veulent te parler.

Je le suivis d'un pas mal assuré, passant devant le groupe d'extraterrestres qui encerclaient mon compagnon. J'essayai d'apercevoir Errik une dernière fois, mais ils me bloquaient la vue.

À l'instant même où nous passions la porte, je cédai à une impulsion folle. Je me retournai et criai :

— Je t'aime !

Un rugissement suivit.

C'était une erreur. Un rugissement accueillit ma déclaration, suivi d'un bruit de bagarre. Une main poilue se referma sur mon poignet et m'éloigna de la navette. Je trébuchai, retrouvai mon équilibre, puis jetai un regard noir au Mondien qui m'entraînait avec lui. Non qu'il s'en soucie. Il ne me regardait même pas.

— Holly ! s'écria Errik au loin, un appel désespéré qui me brisa le cœur en deux.

La poigne se resserra autour de mon bras et le Mondien accéléra, essayant de mettre de la distance entre nous et les Vikingar. Entre moi et mon compagnon. J'avais beau avoir terriblement envie de repartir vers lui en courant, je savais que c'était trop risqué. Alors je suivis l'extraterrestre, consciente que chaque pas m'éloignait de mon compagnon.

14

ᛏᚱᛁᚠᛏ

Errik

Mon corps n'était qu'une masse enflée de douleur.

Je m'adossai au mur frais de ma cellule, essayant de me remémorer ce qui s'était passé. Je m'étais battu. Et j'avais perdu. Ils m'avaient tabassé jusqu'à ce que je sois à peine conscient, puis m'avaient traîné jusque dans cette pièce vide. J'avais perdu Njal et Rune de vue dans tout ce chaos. Mon capitaine avait essayé de les arrêter, mais il avait clairement échoué. Je me souvenais vaguement que Rune m'avait tenu, en me disant de me ressaisir, mais j'avais ignoré le berserkr. Ma compagne m'avait appelé. Rien n'avait d'importance hormis l'envie de la serrer dans mes bras.

Je t'aime.

Ses mots résonnaient inlassablement dans mon esprit.

Je t'aime.

Je n'avais pas eu l'occasion de le lui dire que je l'aimais aussi. J'avais hésité un instant, et ça leur avait suffi pour emmener Holly.

Je frottais mes tempes douloureuses. Au moins, la douleur que je ressentais dans mon sexe et ma hache nuptiale était éclipsée par la souffrance atroce qui inondait chaque partie de mon corps. Leur passage à tabac avait été d'une efficacité redoutable. J'allais rester couvert de bleus pendant des jours, à moins d'avoir accès à un med-pod. Après ce combat, je doutais qu'ils me libèrent et me laissent repartir sur le *Valkyr*, même si Njal et les autres parvenaient miraculeusement à les convaincre de nos bonnes intentions.

J'avais merdé. J'avais tout mis en péril. À présent, j'étais coincé dans une cellule sans savoir où se trouvait ma compagne. Le lien m'indiquait qu'elle était vivante, mais rien de plus. Au fil du temps, notre lien nuptial se renforcerait, et je finirais par ressentir certaines de ses émotions, mais nous n'avions pas passé assez de temps ensemble pour que ça soit le cas. Je ne savais même pas si elle allait bien, si elle souffrait, s'ils lui avaient fait du mal. Un grognement s'échappa de ma gorge. S'ils avaient arraché, ne serait-ce qu'un seul cheveu de cette belle crinière argentée, je les tuerais tous. Et au diable la politique.

Je t'aime.

Pourquoi avais-je hésité ? J'étais un *hrafnasueltir*. Je n'avais pas eu le courage de lui dire la vérité. Quand elle avait prononcé ces mots magiques, l'espace d'un instant, j'avais entendu une autre voix me les murmurer. Randi, ma kvenn. Un écho, un souvenir. Ça avait suffi à me faire hésiter. Suffi à gâcher le moment. Holly l'avait-elle remarqué ? S'attendait-elle à ce que je lui dise que je l'aimais ? Ou savait-elle que je n'en avais pas eu le temps, que je le ferais la prochaine fois que je la verrais, en privé.

Si toutefois je la revoyais un jour.

Je serrai les poings. Mes articulations étaient en sang, mes ongles douloureux. Il y avait du sang vert foncé encore humide en dessous. J'avais dû griffer quelqu'un. Je ne savais pas vraiment ce que j'avais fait aux gardes de l'AIG. Mais pour qu'ils m'aient amoché à ce point, j'avais dû causer de sérieux dégâts avant qu'ils me maîtrisent.

Skitr. Qu'est-ce que j'avais fait ? Nous étions venus ici pour négocier la paix, pour obtenir l'autorisation officielle de se procurer des compagnes sur Péritus. Si tout échouait à cause de moi, que ferais-je ? La honte serait trop grande à supporter. Holly me rejetterait sans aucun doute. Qui voudrait d'un *vitskertr* qui devient violent au mauvais moment ? Même Rune, un berserkr connu pour ses crises de colère, avait réussi à rester calme. Mais pas moi.

Le temps s'écoulait lentement. Personne ne vint me proposer à boire ni jeter un œil à mes blessures. Alors, je restai assis là, à attendre, à m'apitoyer sur mon sort, en regrettant de ne pas pouvoir changer ce que j'avais fait. Et surtout, j'avais terriblement envie de Holly. En dépit de la douleur qui torturait mon corps, je bandais encore. C'était une situation ridicule, mais je ne pouvais rien y faire. Mon sexe tendait mon pantacourt ensanglanté, prouvant à quiconque m'observerait à quel point je désirais ma compagne. Il n'y avait aucune caméra visible dans cette cellule, mais ça ne voulait pas dire que personne ne me surveillait. J'étais dans une cellule de l'AIG. Évidemment qu'ils me surveillaient.

Au bout d'un moment, je plongeai dans des rêves fiévreux empreints de perte et de souffrance. Je les accueillis. Je les méritais.

— Errik. Lève-toi.

Je clignai des yeux vers Njal, flanqué de deux Mondiens. Mon capitaine baissait les yeux vers moi, le visage grave.

— Lève-toi.

Chacun de mes muscles protestait contre cet ordre, mais je me relevai lentement, en titubant, en me servant du mur pour me soutenir. Ma cheville droite ne semblait pas dans son état normal. Peut-être était-elle cassée. Même s'il était hors de question que les Mondiens s'en rendent compte. Je ne pouvais pas me montrer plus faible que je l'avais été. Je refusais de déshonorer mon capitaine plus que je l'avais déjà fait.

— Il a besoin de soins, dit Njal au Mondien à sa droite. Il ne pourra pas le faire dans cet état. Et puis, il mettrait du sang partout sur la femme.

— Malheureusement, vous avez raison, grogna le Mondien d'un ton désapprobateur.

Je croisai le regard sévère de Njal.

— Qu'est-ce qui se passe ?

— Holly s'est exprimée en ton nom. En notre nom à tous, à vrai dire. Ils ont accepté sa proposition, mais il faut d'abord qu'on te nettoie. Et ensuite, vous avez intérêt à leur offrir le spectacle qu'ils demandent.

— Une proposition ? Quel spectacle ?

— Dépêche-toi, suis-moi, aboya l'un des Mondiens avant de quitter la pièce, suivi de Njal.

L'autre Mondien attendait que je bouge. Les dents serrées, je suivis Njal en maudissant silencieusement ma cheville. À chaque pas, une douleur cuisante, atroce, me traversait la jambe. Je parvenais à peine à ne pas boiter, mais je savais que j'empirais probablement les choses en y mettant tout mon poids.

Les pourtours de mon champ de vision étaient flous. M'avait-on frappé à la tête ? Ou peut-être avais-je perdu trop de sang. Quoi qu'il en soit, je n'allais pas pouvoir continuer à marcher bien longtemps avant que mes blessures deviennent flagrantes aux yeux des Mondiens.

— Par ici, ordonna le garde de devant. Allonge-toi dans le med-pod, dépêche-toi.

S'il me disait de me dépêcher une fois de plus, j'allais le... Non, je ne le ferais pas. J'avais appris de mon erreur.

Je m'exécutai, m'allongeai de tout mon long dans le med-pod spacieux. Le couvercle se referma au-dessus de moi, me cloîtrant à l'intérieur. Leurs voix faiblirent, me laissant me reposer en paix. Une lumière bleue brilla dans mes yeux, et je clignai des yeux mais elle avait déjà disparu. Une profonde léthargie s'empara de moi et je m'assoupis à nouveau, à deux doigts d'atteindre les profondeurs bienheureuses du sommeil.

— Réveille-toi. C'est fini. C'est l'heure du jugement.

Le jugement ?!

On me conduisit dans une grande pièce circulaire qui occupait trois étages du vaisseau spatial de l'AIG. Au-dessus de nous, des dizaines d'aliens m'observaient du haut des balcons et des fenêtres.

Au total, il devait y avoir au moins une centaine de créatures appartenant à une multitude d'espèces. Au centre de la pièce, la Bervenne qui avait communiqué avec le *Valkyr* se tenait sur un piédestal, à attendre que nous nous approchions. Rune était derrière elle, étroitement surveillé par quatre gardes, mais ma compagne n'était nulle part à l'horizon.

— Où est-elle ? Où est Holly ? demandai-je à Njal qui marchait à mes côtés.

Il ne m'avait rien dit de ce qui était sur le point de se passer, à part que je le découvrirais bien assez tôt. J'avais dû mobiliser tout le respect que j'avais pour mon capitaine pour ne pas lui soutirer cette information de force.

Le med-pod m'avait complètement guéri. Ma hache nuptiale me faisait toujours souffrir, mais la douleur était devenue sourde et supportable. Mon sexe était plus dur et dressé que jamais. Tout le monde dans cette pièce le remarquerait s'il regardait mon pantacourt. Le med-pod n'avait pas nettoyé les taches de sang sur mes vêtements. Bien que ça n'ait aucune importance à mes yeux. Tout ce que je voulais, c'était serrer ma compagne dans mes bras.

Lorsque nous arrivâmes devant la Berven, elle me toisa avec dégoût.

— Errik, fils de Rikvin, tu as déshonoré ton vaisseau et son équipage, dit-elle sèchement.

Njal avait dû lui donner mon nom.

— Pour avoir attaqué les gardes de l'Autorité intergalactique, tu seras sanctionné. Mais d'abord, nous devons traiter une infraction plus grave. Les Vikingar du *Valkyr* ont enfreint de nombreuses lois : non seulement ils ont révélé leur existence aux indigènes de Péritus, mais pire encore, ils ont enlevé et fécondé leurs femelles.

Un cri de stupéfaction parcourut les rangs de spectateurs.

— Nous étions sur le point d'envoyer une équipe de secours à bord de votre vaisseau pour libérer les Péritennes, poursuivit la Bervenne d'un ton théâtral, mais l'une d'elles a imploré notre clémence. Faites entrer la Péritenne.

Je ressentis la présence de ma compagne avant de la voir. Holly entra dans la pièce par une porte opposée à celle par laquelle j'étais venu, flanquée de plusieurs Mondiens. J'étais soulagé de voir qu'ils ne posaient pas leurs pattes poilues sur ma compagne. Elle avançait d'un pas assuré, la tête haute. Quand elle m'aperçut, elle m'adressa un faible sourire, mais elle resta focalisée sur la Bervenne référente. J'admirais son self-control et son calme. Elle était tellement meilleure que je ne le serais jamais. Je ne la méritais pas.

Cette prise de conscience était plus douloureuse que la raclée que j'avais reçue. Elle était trop bien pour moi. Trop courageuse. Trop intelligente. Trop gentille.

— Holly Lancaster de Péritus, la présenta la Bervenne à la salle, vous m'avez dit que vous étiez montée à bord du *Valkyr* de votre plein gré. Si c'est vrai, veuillez le répéter devant l'Assemblée des juges.

Holly parcourut la pièce du regard, puis focalisa son attention sur moi.

— J'ai signé un contrat avec l'agence de rencontres Hot Tatties et j'ai accepté de passer un mois avec le partenaire qu'ils m'avaient trouvé. Je suis sûre que l'agence vous fournira la preuve de ma signature. Je suis montée volontairement à bord du *Valkyr* et on m'a donné la possibilité de repartir sur Péritus. Je n'y ai pas été retenue contre mon gré, au contraire, tout le monde a fait de son mieux pour qu'on se sente bien accueillies et à l'aise. Steff a même ramené tous ces coussins et ces fleurs et...

Elle s'interrompit, s'humecta les lèvres et redressa les épaules.

— J'ai trouvé mon âme sœur parmi les Vikingar. C'est un homme... Je veux dire un mâle respectable, et je veux rester avec lui. Il y a un autre couple, Steff et Njal. Ensemble, nous sommes la preuve que Vikingar et humai... Péritennes sont compatibles. Les Vikingar ne sont pas venus sur ma planète pour piller et saccager. Ils sont venus parce que leur espèce est en danger d'extinction. Leur propre planète a été détruite, et aujourd'hui ils ont besoin d'aide. Comment pourrions-nous leur refuser cette aide ? Alors, je vous en prie, laissez-les rester, laissez-les continuer à travailler avec l'agence de rencontres pour que d'autres âmes sœurs puissent se rencontrer. C'est le seul moyen pour que les Vikingar...

— Assez ! l'interrompit la Berven. Ce n'est pas votre rôle de plaider en leur faveur. Vous ne le savez pas, mais les Vikingar sont craints dans toute la galaxie pour leurs pillages brutaux et impitoyables. Une fois que vous découvrirez qui sont vraiment ces mâles, vous ne serez pas aussi prompte à les défendre.

Je regardai Holly avec inquiétude. La Bervenne avait-elle réussi à la faire douter ?

— C'est tout à fait mon rôle, riposta Holly d'un ton sec. Je suis la compagne de l'un d'entre eux. Et maintenant, je suis liée aux Vikingar. C'est mon droit de vouloir les aider.

Un chœur de murmures résonna tout autour de moi jusqu'à ce que la Bervenne lève la main pour demander le silence, un geste universellement reconnu.

— Nous verrons bien si vous en êtes sincèrement convaincue. Acceptez-vous de vous soumettre aux règles du Jugement des âmes sœurs ?

J'ignorais en quoi consistait ce Jugement, mais ils avaient dû l'expliquer à Holly au préalable. Elle posa sur un moi un regard plein d'amour, et déclara aussi fort que possible :

— Je me soumets aux règles.

15

ᛏᛃᛁᚲᚫ

Holly

J e tremblais intérieurement, mais mes années d'enseignante m'avaient préparée à cacher mes véritables sentiments et à feindre l'assurance. La femme violette aux cornes me terrifiait. Elle était bien plus intimidante que les loups-garous venimeux qui me suivaient partout.

Il avait fallu beaucoup de temps à Njal, Rune et moi-même pour la convaincre d'écouter nos arguments. Ce jugement étrange était un défi qu'elle m'avait lancé sur le ton du sarcasme, mais j'avais décidé de le relever. C'était fou et effrayant, mais je devais le faire. Pour Errik, pour les Vikingar, pour notre avenir.

Mon compagnon semblait en meilleure forme que la dernière fois que je l'avais aperçu sur les images de vidéosurveillance. Encore une tentative de la femme violette de m'intimider. Voir Errik couvert de sang et d'ecchymoses n'avait fait que renforcer ma détermination à lui tenir tête et à trouver une issue à cette situation.

Un petit alien vert, qui m'arrivait au nombril et semblait rouler plutôt que marcher, s'approcha de moi avec un verre en cristal. Le liquide qu'il contenait était aussi scintillant que du mercure.

— Vous boirez la Coupe de la Vérité, ordonna la femme aux cornes. Si ce Vikingr est vraiment votre compagnon, vous le prouverez devant nous tous. Sinon, vous finirez par implorer tous les mâles de la pièce pour qu'ils vous soulagent.

Un frisson glacial me parcourut le dos. Njal m'avait averti que cette drogue me transformerait en chienne en chaleur. Il ne l'avait pas formulé en ces termes, mais j'avais compris l'idée générale. Seule ma véritable âme sœur serait en mesure d'annuler les effets de la drogue en me faisant atteindre l'orgasme. J'avais envie de rire tant cette situation était absurde. Puis je pris conscience de ce qu'elle venait de dire.

— Devant vous ? répétai-je. Vous n'avez pas mentionné ça tout à l'heure.

Elle me fixait sans la moindre trace d'empathie.

— Comment saurions-nous la vérité autrement ? Nous assisterons au Jugement et jugerons de son échec ou de son succès.

L'issue qu'elle envisageait ne faisait aucun doute. Elle ne pensait pas que j'étais réellement l'âme sœur d'Errik.

Je rassemblai toute ma détermination autour de moi comme si c'était une armure, et tendis la main vers la coupe.

— Je vais le faire.

Quatre aliens s'avancèrent péniblement, chargés d'un énorme matelas. Au moins, nous n'étions pas tenus de faire ça à même le sol. Comme c'était aimable de leur part.

Tous les aliens s'éloignèrent du centre de la pièce, y compris la dame violette aux cornes. La petite créature verte qui m'avait apporté ma boisson m'adressa ce qui ressemblait à un sourire – ou peut-être me menaçait-elle de toutes ses dents – et s'empressa de s'éloigner. Njal chuchotait quelque chose à Errik, tandis que Rune fusillait du regard quiconque regardait le trio de Vikingar. Plusieurs mètres me séparaient de mon compagnon, mais si je le rejoignais maintenant, je risquais d'enfreindre les règles du Jugement. Alors je levai lentement la coupe et pris la première gorgée. Le liquide était épais, presque visqueux, et excessivement sucré. Je ne sentais rien d'autre que cette écrasante saveur sucrée, mais peut-être était-ce une bonne chose. Allez savoir ce qu'ils avaient mis dans cette coupe.

Dès que j'avalai la dernière goutte, un frisson violent me parcourut la peau, ce qui n'avait strictement rien à voir avec la température ambiante. Comparé à la navette, il faisait assez chaud ici, en réalité. Un autre frisson me fit tomber à genoux. Ce n'était pas douloureux à proprement parler, juste une étrange contraction musculaire qui m'empêchait de contrôler mon propre corps. Vague après vague s'abattit sur moi jusqu'à ce que je me retrouve recroquevillée sur le sol, membres tremblants, paupières papillonnant de façon incontrôlable. J'étais vaguement consciente qu'Errik m'appelait, mais j'étais incapable de répondre, ni même de lever les yeux.

Après les frissons vint la chaleur. Le feu me léchait la peau, trop chaud, tout était trop chaud. Je m'agrippai à mes vêtements, déchirant le chemisier et triturant maladroitement le reste, quand des mains fraîches se posèrent sur les miennes et me tinrent fermement tandis que je me consumais, tremblante de désir. Il me porta jusqu'au matelas et me posa délicatement sur la surface moelleuse.

Je serrai les cuisses lorsque le feu se répandit dans mon ventre. J'avais besoin qu'on l'éteigne, et une seule personne en était capable. Je poussai un faible gémissement, incapable d'exprimer mon besoin.

— Je suis là, murmura doucement Errik. Je te tiens.

Je me cramponnai à lui, plaquant ma peau nue contre la sienne, mais c'était loin d'être suffisant. À l'aveuglette, je tâtonnai pour défaire son pantalon, mais ma vision était floue et mes mains tremblaient.

— Laisse-moi faire, ma compagne.

L'une de ses mains tint les miennes, tandis que l'autre défaisait les nœuds qui tenaient son pantalon. Celui-ci resta en place, maintenu par son érection, un chapiteau d'une circonférence impressionnante. Lorsqu'il libéra enfin son sexe, la chaleur en moi grimpa en flèche. Ma bouche en salivait, et je n'avais plus qu'une seule chose en tête. Il fallait que je le goûte.

Pendant un court instant de lucidité, je pris conscience qu'on nous observait, que des centaines d'aliens assistaient à la scène, mais alors le besoin ardent reprit le dessus et je fus incapable de penser à autre chose. Je pris son sexe dans ma bouche, léchai, suçai, fis tourner ma langue tout autour. Errik gémit avec la même fureur que celle qui brûlait dans mes veines. Il me caressa les cheveux, les épaules, un contact qui m'ancrait tandis que j'étais entièrement focalisée sur son sexe, sur son goût, sur l'effet que ça me faisait de le sentir avec tous mes sens. À un moment donné, il essaya de me bouger, mais je n'avais pas encore fini. J'en redemandais.

Mon sexe palpitait, mon excitation trempait ma culotte. J'avais besoin de me débarrasser de mes vêtements, mais d'abord, je voulais pleinement goûter mon partenaire.

— Je ne vais pas pouvoir tenir très longtemps, souffla Errik d'une voix rauque qui ne faisait qu'attiser les flammes.

Où était le problème ? Je n'en voyais aucun. Je voulais boire son essence. Alors je continuai, massant ses quatre testicules – ce qui me semblait à peine anormal – tout en prenant son sexe aussi profondément que possible. Ses doigts se crispèrent sur ma tête pour accompagner le mouvement, me forçant à rester en place une seconde de plus que je ne l'aurais fait autrement. Savourant chaque instant, bien qu'à bout de souffle, j'étais folle de désir.

Alors il jouit, explosa dans ma bouche. J'en avalai autant que je pus, puis léchai les gouttes qui coulaient de son sexe encore dur, comme une droguée. C'est ce que j'étais. Droguée à mon partenaire, à son goût. Le feu vacilla, satisfait un instant, mais je savais que ce n'était pas encore terminé. Il n'y avait qu'une seule façon d'éteindre les flammes.

Je m'assis, et ma vision s'éclaircit suffisamment pour me permettre de voir Errik distinctement. Ses lèvres étaient entrouvertes, son front luisant de sueur. Et ses yeux... ils n'étaient que des tourbillons de désir.

— Aide-moi, murmurai-je alors qu'une nouvelle vague de désir désespéré me submergeait.

— Qu'est-ce que je peux faire ?

— Libère-moi de ces vêtements.

Il ne fut pas tendre. Il déchiqueta mon pantalon en lin, arracha mes chaussures, déchira ma culotte en deux, et mon soutien-gorge subit un sort similaire. Alors je me retrouvai nue, blottie dans ses bras, touchant autant de surface de peau nue que possible. Je respirai son odeur, la laissant chasser le feu de mes poumons. Ses lèvres trouvèrent les miennes. Notre baiser était vorace, une exigence brutale qui ne me laissa que plus affamée encore. Ses dents égratignèrent à nouveau ma lèvre inférieure, y laissant une seule goutte de sang qui se mélangea à son goût salé. J'enfonçai ma langue dans sa bouche, ce qui fut accueilli par un guerrier habitué à défendre son territoire. Nous luttions pour prendre le dessus, dominer l'autre, comme dans un bras de fer. Ses mains parcoururent mon dos nu, puis descendirent plus bas, jusqu'à empoigner mes fesses. Je donnai un coup de hanches en réponse, comme une invitation, ou plutôt un défi.

— Compagne, gémit-il dans notre baiser, attisant mes flammes encore davantage.

Je brûlais de désir pour lui. J'avais besoin d'être soulagée.

Prenant conscience de ce que je désirais, il interrompit le baiser et me souleva de ses cuisses. J'atterris sur le ventre, et ses mains sur mes hanches relevèrent mes fesses en l'air. Il se mit à genoux au-dessus de moi, une jambe de chaque côté. Il allait me prendre par derrière. Je tournai la tête, tentée de protester que je voulais plonger mon regard dans le sien pendant qu'il me prenait, mais je me souvins alors qu'il y avait des aliens tout autour de nous, en train de nous observer, qui se délectaient probablement de ce spectacle. Errik en était conscient ; ses sourcils froncés me l'indiquaient. C'était sa façon de m'accorder de l'intimité. En tournant la tête vers le matelas, je pouvais prétendre que nous étions seuls.

Avec un regard aimant vers mon compagnon, je fermai les yeux et j'enfouis mon visage dans le matelas moelleux. Il passa un doigt le long de ma fente, cherchant mon entrée à tâtons, puis me pénétra doucement. J'étais si trempée qu'il n'y eut aucune résistance. Son autre main massait mes fesses, pétrissait ma chair brûlante avec autant de délicatesse que de domination vigoureuse. J'étais à lui et il était à moi.

Lorsque son sexe dur s'appuya contre mon entrée, j'oubliai de respirer. Mais alors, il s'enfonça en moi d'un coup avec assurance et je hurlai, non de douleur, mais de joie de le sentir enfin en moi. Il m'emplissait parfaitement, jusqu'à toucher ce point spécial qui m'apporterait le soulagement dont j'avais si désespérément besoin. Il attendit un moment pour que je m'habitue à son gabarit, puis ses mains se crispèrent sur mes hanches et il me baisa.

Oh mon Dieu !

Je criais son nom, hurlais, haletais, j'émettais des sons que je n'aurais jamais cru possibles. Mes mains griffaient le matelas, cherchant quelque chose à agripper. Errik dut remarquer ma recherche frénétique, car il se pencha en avant, posa ses mains sur les miennes et les tourna jusqu'à ce que nos doigts soient entrelacés. Il ne fit pas peser son poids sur moi malgré sa corpulence, en continuant de me pilonner à un rythme qui prouvait qu'il n'était pas humain. Il était capable de bouger à une vitesse qui m'échappait, et en ce moment, c'est exactement ce qu'il faisait : il me baisait si vite que mes sens n'arrivaient pas à suivre. Chaque fois qu'il s'enfonçait dans mes profondeurs glissantes, quelque chose de dur se plaquait entre mes fesses en vibrant légèrement, quelque chose au-dessus de son sexe. J'avais été trop étourdie plus tôt pour prêter attention à son anatomie d'extraterrestre, mais à présent, je regrettais de ne pas savoir précisément ce qui me procurait cette stimulation supplémentaire.

L'orgasme me prit par surprise quand je me contractai soudain autour de lui en criant ma libération. Je surfai sur cette vague qui semblait interminable, et alors même que j'étais encore à bout de souffle, il nous fit pivoter pour se mettre sur le dos et me faire monter sur lui. Je ne savais pas comment il avait réussi à me retourner, mais d'une manière ou d'une autre, je me retrouvais face à lui, son membre toujours enfoui dans mon sexe lancinant. Mes seins lourds tombaient, mes mamelons brûlaient d'être touchés. Comme s'il avait lu dans mes pensées, il se redressa du matelas jusqu'à ce que ses lèvres se referment sur mon téton, et suça violemment. Nous étions maintenant pleinement exposés à la vue de tous ceux qui nous observaient, mais je m'en fichais. Tout comme Errik. Nous nous étions perdus l'un dans l'autre. Le monde extérieur avait cessé d'exister.

La chose dure et vibrante touchait mon clitoris à présent. Putain. Elle pulsait à un rythme régulier, qui me rapprochait toujours plus d'un nouvel orgasme. Errik faisait des choses insensées à mes tétons, sa langue tourbillonnait tout autour à une telle vitesse que ça me faisait l'effet d'une deuxième vibration. Et toujours, le sexe d'Errik demeurait en moi, et cette sensation d'être totalement étirée suffisait à apaiser le feu qui n'avait pas été éteint par mon premier orgasme. Je savais que j'avais besoin qu'Errik jouisse en moi. Puisque ses coups de reins avaient cessé, je pris les devants et le chevauchai. Ses mains sur mes hanches me stabilisaient tandis que je revendiquais mon partenaire, nous conduisant tous les deux à un orgasme époustouflant qui nous fit hurler. La chose vibrante sur mon clitoris ne s'arrêta pas, me poussa encore plus loin, jusqu'à me faire jouir une troisième fois alors que je n'avais même pas repris mon souffle. Et pendant ce temps, je plongeais dans les yeux bleu océan d'Errik, et me baignais dans tout l'amour que j'y percevais.

16

ᛏᚱᛁᚲ�

Holly

Ça semblait tout droit sorti d'un rêve. Je me tenais aux côtés d'Errik, complètement nue, tandis que sa semence bleue courait le long de mes cuisses. Nous ignorâmes les moqueries des extraterrestres pour nous concentrer exclusivement sur la Bervenne qui s'approchait, suivie de ses gardes mondiens.

— Le Jugement des âmes sœurs est terminé, annonça la Bervenne d'une voix claire et forte qui résonna dans la grande salle. L'Assemblée des juges décrète que Holly Lancaster de Péritus est officiellement unie à Errik, fils de Rikvin, de Jörð. Nous allons nous retirer pour discuter des conséquences. Jusqu'à ce que notre décision soit prise, les Vikingar et la Péritenne resteront sous surveillance.

Instantanément, une douzaine de gardes affluèrent autour de nous.

— Ne vous battez pas ! s'écria Njal quelque part derrière nous.

Je levai les yeux vers Errik, mais il se contenta de m'adresser un sourire détendu. De toute évidence, il n'avait pas l'intention de se battre à moins d'y être obligé. Mais je savais que si nécessaire, il me défendrait sans se soucier de sa propre sécurité.

Il grogna paresseusement à l'encontre de quelques Mondiens qui s'approchaient un peu trop de moi. Ils ripostèrent en montrant leurs crocs acérés, mais s'éloignèrent ensuite.

On nous conduisit dans une salle de réunion plutôt que dans une cellule, où Njal et Rune étaient déjà assis, sous la surveillance de leurs propres gardes. Errik les serra dans ses bras lorsqu'ils le félicitèrent. Je dus cacher un sourire narquois. C'était tellement un réflexe de mecs. Un des gardes me tendit une couverture, un bout de tissu vaporeux et argenté qui ressemblait à de la soie, mais qui était beaucoup plus chaud. Je m'y enveloppai, reconnaissante d'être à l'abri des regards autant que d'être au chaud. Maintenant que les effets du liquide du jugement s'étaient dissipés, j'avais à nouveau froid. Est-ce que quelqu'un sur ce vaisseau pensait à allumer le chauffage parfois ?

Mais heureusement, j'avais un Vikingr pour me tenir chaud. Errik m'étreignit par derrière. Il n'avait jamais ramassé son pantalon, ce qui signifiait qu'il ne portait strictement rien à l'exception de ses bottes. Il ne semblait pas s'en soucier.

— Est-ce que ça va ? me demanda-t-il à voix basse.

— Oui. Et toi ?

— Je n'ai pas les mots pour décrire ce que je ressens.

Oui, je savais exactement ce qu'il voulait dire. Quelque chose de magique s'était produit. Ce n'était pas juste du sexe. Le lien qui nous unissait n'était plus seulement théorique. Il était si tangible que je pouvais presque le sentir ; une corde qui nous liait l'un à l'autre pour l'éternité. Je m'imaginai tirer sur cette corde et aussitôt, l'étreinte d'Errik se resserra. Il l'avait ressenti. Wahou. J'allais devoir continuer à tester cette connexion plus tard, mais dans l'immédiat, tout ce que je voulais, c'était retourner sur le *Valkyr* pour prendre une douche et me blottir ensuite dans le lit. Et manger. J'avais dépensé beaucoup de calories sur ce matelas.

Nous attendîmes en silence ce qui me parut une éternité, mais qui n'était probablement qu'une demi-heure. Enfin, la femme aux cornes violettes arriva avec la même expression hautaine qu'elle avait arborée toute la journée. J'avais envie de la gifler pour nous avoir fait subir tout ça.

— L'Assemblée a pris sa décision, annonça-t-elle.

Njal se leva pour lui faire face.

— Qu'avez-vous décidé ?

— Vous avez enfreint onze lois intergalactiques et serez punis pour ça. Néanmoins, nous reconnaissons que votre espèce est dans une situation extraordinaire. À la lumière de cela, nous avons convenu que votre sanction sera uniquement monétaire. Nous devons encore discuter du montant exact, mais vous en serez informés sous peu. Maintenant que nous avons la preuve de votre compatibilité avec les Péritennes, nous sommes ouverts à la négociation d'un amendement au blocus actuel. Quelque chose de similaire à l'accord que nous avons avec les Albyens. Vous aurez l'autorisation officielle de l'AIG de chercher des compagnes sur Péritus, tant qu'une organisation péritenne supervise le processus. Ceci afin de protéger les droits de leurs citoyens. Nous réviserons cet accord chaque rotation. Dès que la survie de votre espèce sera garantie, cette autorisation pourrait être révoquée. En gage de votre bonne foi, vous serez également chargés de la protection de Péritus. Nous exigeons des rapports réguliers sur toute activité suspecte dans ce système solaire. C'est tout. Vous pouvez partir.

Elle tourna les talons et partit avant que quiconque ait le temps d'ajouter quoi que ce soit. Njal la regarda s'éloigner, puis se tourna vers nous. Il se frappa le torse du poing et inclina la tête.

— Holly, Errik. Le *Valkyr*, non, les Vikingar vous sont redevables. Sans votre démonstration de courage, ils ne nous auraient peut-être jamais crus. Et je vous remercie à titre personnel de m'avoir permis de ne pas impliquer ma compagne dans tout ça.

Errik m'embrassa sur le sommet de la tête, et son souffle chaud me chatouilla la peau.

— De rien, capitaine.

Njal secoua la tête.

— Oh si, merci pour tout. Maintenant, retournons au vaisseau. Je suis sûr que Holly aimerait bien se rhabiller.

Steff nous accueillit dans l'aire de lancement des navettes, mais Errik m'emporta avant que j'aie le temps de répondre à son avalanche de questions. Je laissai Njal s'en occuper. De plus, j'étais prête à parier qu'il voulait passer un moment seul avec sa compagne.

Errik nous ramena dans la pièce où s'était déroulé notre dîner aux chandelles. La table avait été débarrassée, mais les bougies continuaient de clignoter de façon romantique. Il m'assit sur le lit — oui, le grand homme des cavernes m'avait encore portée dans ses bras – et appuya sa main contre le mur. Une porte coulissante dont je n'avais même pas soupçonné l'existence s'ouvrit, révélant une salle de bain.

— Wahou ! m'exclamai-je de surprise.

Parmi toutes les choses que j'avais imaginées, je ne m'attendais pas à ça.

Ce n'était pas une salle de bain purement fonctionnelle comme celle que je partageais avec les autres femmes. C'était tout autre chose. Un immense tonneau rond rempli d'eau trônait au centre de la pièce, et des bougies vacillantes flottaient tout autour. Oui, elles flottaient. Dans le fond, une douche et des toilettes à la vikingr étaient à moitié cachées derrière un paravent en bois. Une pile de serviettes avait été posée près de la porte, de grandes serviettes bleues et moelleuses. Et en guise de dernière touche romantique, un plateau flottait à gauche de la baignoire, surmonté de deux verres remplis et d'une bouteille.

— C'est tellement romantique ! m'extasiai-je en souriant à Errik. Est-ce que c'était ton idée ?

— J'aimerais pouvoir m'en attribuer le mérite, mais c'est le *Valkyr* qui a agi seul. Torsten a eu l'idée de programmer l'IA pour qu'elle trouve des rituels péritens romantiques et les reproduise ensuite sur le *Valkyr*. C'est le résultat d'un de ces algorithmes, mais il paraît qu'il y en d'autres que nous pourrons expérimenter plus tard.

J'entrai dans la salle de bain, suivie de près par Errik. Le sol semblait constitué de planches en bois, mais il était chaud sous mes pieds nus. Qu'était-il advenu de mes chaussures ? Étaient-elles encore sur le vaisseau de l'AIG ? Je m'en fichais. Errik m'arracha la couverture, la jeta négligemment dans un coin et me souleva du sol à nouveau. Je poussai un cri strident et ris en même temps, tandis qu'il me portait pour me déposer dans la baignoire. L'eau était à la température idéale, chaude mais pas excessivement.

Il y avait un banc en bois à l'intérieur de la baignoire, et Errik s'y installa en poussant un soupir satisfait, tandis que je me rasseyais sur ses genoux. Pour changer. Pour le moment, j'acceptais qu'il me porte et m'installe sur ses genoux, mais j'allais bientôt devoir commencer à fixer des limites. Je ne voulais pas qu'il s'imagine qu'il pouvait faire ça tout le temps. J'étais une grande fille et j'aimais me tenir debout sur mes deux pieds.

Mais pas pour l'instant. Pas après tout ce qui s'était passé.

Je me blottis contre le torse massif de mon compagnon et fermai les yeux. L'eau m'arrivait juste sous le menton, et léchait agréablement ma peau. C'était le paradis. Si j'avais été un chat, j'aurais ronronné. Malgré tout, un léger soupir m'échappa.

— Qu'est-ce qui ne va pas ? demanda aussitôt Errik.

— Rien. Bien au contraire. Comment cette journée a-t-elle pu passer d'abominable à merveilleuse en si peu de temps ?

Il émit un petit rire qui fit trembler toute sa poitrine.

— Je ne sais pas. Quand j'étais dans cette cellule, l'espace d'un instant, j'ai perdu tout espoir. Et maintenant, j'ai l'impression de tout avoir. De l'espoir. Un avenir pour mon espèce. Une compagne. Et pas n'importe laquelle. Une compagne courageuse, superbe et intelligente avec la plus merveilleuse des chatt...

— Je vais t'arrêter là, l'interrompis-je. Ce n'est pas très romantique. Mais continue à flatter mon intelligence. Ça me plaît.

Une fois de plus, il rit. C'était bon de l'entendre si insouciant. Je savais qu'il y aurait des embûches sur notre route. Ce ne serait pas toujours facile. Nous avions tous les deux vécu des vies antérieures qui nous rappelleraient parfois au souvenir de ceux que nous avions perdus. Mais désormais, nous étions ensemble. Nous pouvions commencer une nouvelle vie.

Une vie bénie par les étoiles.

La série continue avec Berserkr, *qui racontera l'histoire de Rune. Et oui, il va un peu péter les plombs.*

Pour découvrir d'autres livres extraordinaires, abonnez-vous à ma newsletter :
https://skyemackinnon.com/francais/.

NOTE DE L'AUTEURE

Il y a quelques années, j'ai étudié le vieux norrois et les runes nordiques à l'université (c'est aussi à ce moment-là que j'ai écrit *Taking Her Vikings*, une histoire d'amour et de voyage dans le temps). Je n'aurais jamais pensé qu'un jour, j'utiliserais ces connaissances pour écrire des histoires sur des Vikings extraterrestres... pourtant nous y voilà. Je ne prétends pas que les mots en ancien norrois utilisés dans cette série soient corrects — après tout, mes Vikingar ne viennent pas de la Terre, donc j'ai pris quelques libertés créatives.

Cependant, écrire la saga **Les Vikings du Starlight** m'a donné l'occasion de revisiter certains de mes anciens cours et des pages enregistrées dans mes favoris.

Pour le plaisir, voici quelques-unes de mes inscriptions runiques préférées sur le thème de l'amour :

- *kann ek segja þér, sem þú mant reyna af mér, at ek skal unna þér engu verr enn mér* - Je peux te dire, comme tu en feras l'expérience avec moi, que je ne t'aimerai pas moins que moi-même.

- (Bryggen B535)
- *Ferlig er fuð, sin byrli.* - La chatte est monstrueuse, que le pénis accomplisse son devoir.
- (Bryggen B11)
- *Rannveig Rauðu ska[lt]u streða. Þat sé meira enn manns[r]eðr ok minna enn hestreðr.* - Tu baiseras Rannveig le rouge. Elle sera plus grosse que la queue d'un homme et plus petite que celle d'un cheval.
- (Bryggen B628)
- *Unna ek meyju enn betr.* - J'aime la jeune fille encore davantage.
- (Trondheim N A258)

Pour d'autres pépites dans ce style, allez consulter cette étude : https://www.medievalists.net/2018/11/love-and-eroticism-in-medieval-norwegian-runic-inscriptions/

Retrouvez-moi pour de nouvelles aventures de Vikings dans *Berserkr*, le troisième opus de cette trilogie !

Skye

L'AGENCE DE RENCONTRES INTERGALACTIQUES

Vous cherchez un amour hors du commun, et même venu d'un autre monde ? Ces extraterrestres forts, intelligents et sexy sont partis de la Voie lactée pour trouver des compagnes. Embarquez simplement avec votre antenne locale de l'Agence de rencontres intergalactiques ! Rejoignez un équipage de merveilleux auteurs de romances SF pendant que nous explorons les cieux accueillants et au-delà, avec des trilogies de désir cosmique, d'aventure astrale et d'amants mystiques. Avertissement : des enlèvements seront peut-être (ou pas) au rendez-vous !

Venez vivre plus d'action avec des aliens bien foutus par ici :

https://romancingthealien.com/

À PROPOS DE L'AUTEURE

Skye MacKinnon est auteure de best-sellers. Ses livres racontent l'histoire d'héroïnes qui n'ont pas d'autre choix que de s'impliquer.

Elle revendique avec fierté son héritage écossais, utilisant les fantastiques décors de son pays et une pointe de mythologie, que ce soit pour parler de dieux celtes, de chats métamorphes ou des rues d'Édimbourg.

Lorsqu'elle ne se trouve pas dans son café préféré pour écrire ses livres, Skye adore la mangue séchée, ainsi que les thés exotiques, dont elle a rempli son placard jusqu'à ce qu'il n'en rentre plus aucun sachet. Ce qu'elle aime par-dessus tout, c'est être recouverte des poils de son chat démoniaque.

skyemackinnon.com/francais

Newsletter :
skyemackinnon.com/newsletter-francais

DU MÊME AUTEUR

Les Highlanders du Starlight

Thorrn

Eron

Cyle

Les Vikings du Starlight

Vikingr

Drengr

Berserkr

Les Assassins à moustaches

Chat perché

Chat glacé

Attrape-chat

Chat échaudé

Langue au chat

Chat et souris

Chat fâché

L'Arbre à chat de Noël

Les Assassins à moustaches : tomes 1 à 4

Les Assassins à moustaches : tomes 5 à 7

Fille de l'hiver

La Princess de l'hiver

L'Héritière de l'hiver

La Reine de l'hiver

La Déesse de l'Hiver